Moi, Félix, 10 ans, sans papiers

Du même auteur
Dans la même collection
Moi, Félix, 11 ans, Français de papier
Moi, Félix, 12 ans, sans frontières

© 2000, Éditions Milan, pour la première édition
© 2007, Éditions Milan, pour le texte et l'illustration
de la présente édition
300, rue Léon-Joulin, 31101 Toulouse Cedex 9, France
Loi 49-956 du 16 juillet 1949
sur les publications destinées à la jeunesse
ISBN : 978-2-7459-2509-1
www.editionsmilan.com

Marc Cantin

Moi, Félix, 10 ans, sans-papiers

MiLaN PoCHe

Remerciements (très sincères) :
– à Ernest Ahippah pour ses conseils
et le « prêts » de sa chanson (p. 58) ;
– du CRIDEV (Centre rennais d'information
pour le développement) ;
– du Comité rennais des sans-papiers.

Première partie

Avenue des Français-Libres

1

Un tremblement léger, un bourdonnement sourd dans les oreilles. Je suis le premier à me réveiller.

Les vibrations des moteurs se répercutent dans la coque métallique du cargo jusque dans mon corps. Je passe la langue sur mes lèvres un peu sèches, avant de repousser le bras de mon frère, qui m'écrase la poitrine. Je relève doucement la tête. Dans l'obscurité, la silhouette fragile de ma petite sœur se devine à peine. Au son régulier de sa respiration, je sais qu'elle dort encore profondément, la tête calée entre les deux seins de ma mère : deux gros oreillers que Bayamé trouve en n'importe quelles circonstances à son aise.

J'écarte l'unique couverture que nous nous partageons et je me lève.

Le ronflement des moteurs devient plus intense. Le bateau manœuvre sans retenir son souffle, annonce de la fin imminente de notre voyage. La terre se rapproche chaque seconde un peu plus, et mon estomac se noue douloureusement. Une bouffée de chaleur enflamme mes joues. Ma peau ne rougit pas.

Dans ces ponts inférieurs sans lumière, n'importe qui perdrait son chemin. Mais depuis des semaines que ce voyage a commencé, je connais ce cargo comme ma poche. Sans bruit, je me faufile entre deux rangées de conteneurs. Mes mains effleurent le métal, glissent le long de ces cubes géants. Elles me guident avec assurance près d'un hublot pas plus grand que ma tête.

Devant cette précieuse fenêtre, mes yeux s'agrandissent démesurément pour se nourrir de toute la lumière qui leur a manqué. Mes dents, en appétit sans doute, mordillent ma lèvre inférieure…

– Tu vois quelque chose, Félix ?

La voix de mon frère m'a fait sursauter.

– MINCE ! Tu pourrais prévenir quand tu arrives !

Derrière moi, les yeux ronds de Moussa luisent autant que des diamants suspendus dans les airs. La peau noire de mon grand frère le rend presque invisible. Je devine son sourire moqueur.

– On dirait bien que je t'ai flanqué la trouille, me lance-t-il avec un plaisir certain.

Je me ressaisis aussitôt :

– Tu ne m'as pas fait peur, tu m'as surpris.

Moussa fait semblant de ne pas avoir entendu et pointe un doigt vers le hublot.

– Alors, tu vois quelque chose ? demande-t-il.

– Pas grand-chose… Il fait nuit et il pleut. Il y a des lumières par endroits. Je vois des hangars, des grandes grues aussi. Ça ressemble assez au port d'Abidjan. J'espère qu'on n'est pas revenus à notre point de départ.

– Ne dis pas n'importe quoi. Allez, pousse-toi de là !

Impatient, Moussa prend ma place et vient écraser son nez contre la vitre du hublot.

À mon tour, je le repousse. Nos joues se pressent, se serrent et se collent. Le partage est équitable :

chacun conserve un œil ouvert sur ce monde nouveau que nous attendions de découvrir depuis si longtemps.

Le paysage se déroule tranquillement, au rythme du bateau. Les quais donnent l'illusion d'avancer, pareils à une terre en mouvement sur laquelle des montagnes de conteneurs, identiques à ceux qui remplissent le cargo, modèlent un espace rectiligne. Seules quelques grues dressent de temps à autre leur long cou de girafe.

Parfois, l'image s'efface derrière un autre cargo à quai, nous plongeant pour quelques minutes dans l'obscurité totale. Attente. Bruit des vagues échangées contre les coques. Puis le bateau jumeau disparaît comme s'il n'avait jamais existé, laissant à nouveau la place à ce décor de béton et d'acier.

Nous nous partageons toujours le hublot, essuyant régulièrement de la paume de la main la buée qui s'y forme. Dehors, la pluie est fine. Elle apparaît uniquement à la lueur des lampadaires.

Encore mes dents sur mes lèvres. J'ai faim. Faim de la France. Mais où se cache-t-elle ?

– Là ! Le château !

Ça y est. Je la vois. Regarde, Moussa. Mais regarde la France !

– Arrête, tu fais plein de buée, se plaint mon frère.

Il frotte la vitre avec un pan de sa chemise.

– On s'en fiche de la buée, Moussa. Tu la vois ? La grosse tour ! C'est comme dans le livre de Yaoundé. On est bien arrivés.

La France.

La même que dans le livre de Yaoundé, ce vieux manuel de géographie précieusement conservé par notre grand-père. Souvenir de ces quelques années passées à l'école, du temps où notre pays n'avait pas encore son propre président. Du temps où la France et la Côte-d'Ivoire ne faisaient qu'un… ou presque, comme ne manquait jamais de le préciser Yaoundé.

Ce livre de tous les espoirs, je l'ai feuilleté maintes fois en rentrant le soir des champs. Ces pages, je les ai usées et salies malgré moi, à force de les caresser du bout de mes doigts endoloris dans la lumière des derniers rayons du soleil. Toutes ces photos disparaissant chaque soir dans la nuit pour mieux venir habiter mes rêves, je vais les découvrir aujourd'hui, les toucher, les sentir. Les remparts et les tours de ce château s'élèvent au-delà du port de Brest, éclairés par mille feux, et moi je les dévore des yeux.

J'entre dans le livre de Yaoundé.

La Côte-d'Ivoire et les dix premières années de ma vie me semblent très loin ; le port de Brest m'ouvre les bras.

2

Samba N'Diaye regarde ses mains.

Ses mains noires. Ses poings serrés.

Il connaît les risques. S'il se fait prendre, il perdra sa place d'assistant cuisinier. Et cet emploi peut être considéré comme un privilège dans son cas. C'est toujours mieux que de passer ses journées dans les champs de cacaoyers et de caféiers, chez ces gros propriétaires dénués de scrupules qui vous font travailler sans répit en compagnie de vos propres enfants. Les siens d'enfants, Samba préfère les savoir à l'école ou même à ne rien faire du tout. Passer sa vie, une machette à la main, à cueillir des fruits pour les voir partir sur des cargos, au-delà de l'horizon, ce n'est pas une vie. Et le salaire qu'on en retire, ces quelques francs qui procurent juste de quoi manger pour continuer de travailler, encore et encore, rappelle à Samba la chance qu'il a d'être employé sur ce cargo ; même si pour compléter sa solde mensuelle, il doit faire passer des clandestins. C'est ainsi que Samba et sa famille échappent à ces champs où les cabosses de cacaoyer et les cerises de caféier poussent mieux que les enfants.

Mais ça, ni le capitaine du cargo ni les douaniers ne le comprendraient.

•

L'assistant cuisinier regarde encore ses mains. Elles ne tremblent pas. Pas trop. C'est bon signe.

Le ronflement caractéristique des moteurs précède les dernières manœuvres. C'est le moment.

Samba descend les escaliers qui mènent aux ponts inférieurs. Avec prudence. Personne ne doit le voir. Échouer maintenant, ce serait stupide.

Il pousse la dernière porte. La lumière de sa lampe réveille la mère et sa fillette endormies sur les cartons qui leur servent de matelas. Une enfant de deux ans. Une folie. Il n'aurait jamais dû accepter.

Mais où sont passés les deux garçons ?

L'assistant cuisinier tente de se rassurer. Le plus dur est fait, après tout. Embarquer une mère et ses trois enfants à Abidjan, ce n'était pas une mince affaire. Samba a dû les faire monter à bord dissimulés dans le chargement de vivres destiné à l'équipage. Une bonne idée d'ailleurs, dont il est fier et qu'il réutilisera peut-être. Mais à présent, pour faire descendre ces passagers clandestins, c'est une autre histoire, car ici les douaniers sont particulièrement soupçonneux. Ce détail, Samba se garde bien de le partager avec cette mère et son enfant.

●

Moussa est juste derrière moi. Nous avons quitté notre hublot et revenons vers ma mère et ma petite sœur. Le faisceau de la lampe de Samba fouille autour d'elles.

– Où sont tes deux fils ? demande-t-il sèchement.

Je réponds pour ma mère qui étouffe un bâillement :

– On est là.

Samba dirige le rayon de sa lampe dans nos visages :

– Encore le nez collé au hublot.

Ma mère se lève, tenant Bayamé d'un seul bras. Samba plie rapidement les cartons et la couverture. Il ramasse le sac qui contenait notre dernier repas et fait disparaître le tout derrière l'énorme lance d'un poste à incendie. Il parle vite en agitant sa lampe :

– À partir de maintenant, plus un mot. Vous me suivez comme si vous étiez mon ombre.

Je souffle à mon frère :

– À nous quatre, nous formons plutôt une ombre d'éléphant !

– J'ai dit plus un mot ! s'énerve notre passeur.

– Félix, ce n'est pas le moment de rire ! gronde ma mère.

Sa main libre s'abat sur le haut de ma tête.

– Aïe !

Avec Papa, au moins, on pouvait rire de tout. C'est notre liberté de rire, et ça, personne ne nous l'enlèvera.

– J'espère que ça va te servir de leçon, me dit Moussa en me voyant me frotter le haut du crâne.

Je lui envoie aussitôt un coup de coude dans l'épaule.

– Hé ! Ça va pas ?

Mon frère continue de protester pendant que je le regarde avec un air innocent.

– TAISEZ-VOUS ! Encore un mot, et je vous laisse tous croupir au fond de ce bateau !

La voix de Samba est devenue menaçante. Tous les muscles de son visage demeurent crispés. Bayamé s'accroche au cou de notre mère :

– Maman, j'ai peur, gémit-elle.

– C'est malin, maintenant elle va se mettre à pleurer, fais-je remarquer à mi-voix.

Samba prend une grande inspiration et expulse bruyamment l'air de ses poumons :

– D'accord. Tout le monde se calme. OK ? Faites-moi confiance, et dans dix minutes vous êtes à terre. C'est comme si vous étiez déjà français.

Notre passeur se veut rassurant et volontairement optimiste.

Progressivement, la coque du cargo cesse de frémir. Les vibrations des moteurs deviennent imperceptibles. Chacun retient sa respiration.

Plus rien ne bouge.

Samba nous donne quelques explications rapides. Il en profite pour bien se remettre en mémoire le déroulement des opérations :

– C'est le moment, l'équipage est sur le pont. Nous n'avons que quelques minutes avant le début du déchargement. Ensuite, les douaniers vont monter à bord et vérifier si tout est en règle. C'est maintenant qu'il faut en profiter.

Samba s'assure une dernière fois qu'il ne reste aucune trace du séjour de notre famille au fond de cette cale. Puis un nouveau périple débute, précédé par le faisceau de la torche électrique qui balaie le sol. Nos respirations deviennent irrégulières. Nos pas résonnent autant que des doigts frappant la peau d'un tambour. L'écho se propage autour de nous dans l'immensité obscure du cargo.

– Vite ! Dépêchez-vous.

Samba pousse une porte rouge. Juste derrière, sur la gauche, s'en trouve une autre, celle des toilettes qu'il venait nous ouvrir chaque nuit en faisant le guet. Un peu d'eau pour se laver, un peu de lumière pour se regarder dans la glace et surtout découvrir ce que Samba avait volé pour nous aux cuisines.

Et puis les gâteaux qu'il glissait discrètement à ma mère pour Bayamé.

Je jette un dernier coup d'œil en arrière avant de gravir à mon tour les escaliers.

Nous ne ferions pas plus de bruit en marchant sur des plaques de tôle. J'ai l'impression que le monde entier nous écoute et nous observe.

Une autre porte. Semblable à la première.

Un autre pont inférieur. On devine une enfilade de conteneurs et de bidons entreposés de chaque côté de l'allée centrale. Samba nous fait signe de le suivre. Des bruits. Des pas peut-être. Au-dessus de nos têtes. Nous devons nous trouver sous le pont supérieur.

Soudain, une lumière tamisée pénètre à l'intérieur du bateau. Les crissements des pièces de métal qui se frottent et s'entrechoquent envahissent nos têtes remplies par la peur. Dans cette lueur grandissante, je remarque le visage crispé de notre guide. Il fait deux pas en arrière. Il s'affole :

— Vite ! Ils ouvrent la porte arrière pour commencer le déchargement. Quand la rampe d'accès sera en place, les douaniers vont venir fouiller les ponts inférieurs.

Encore l'écho de nos pas. Un véritable galop. Encore une porte. Marquée d'un chiffre quatre géant. Encore des escaliers. Samba cherche ses clés. Il en essaye trois. Ses mains tremblent. Il ouvre enfin une porte de service. Bayamé demande si on est bientôt arrivés. Maman l'enfouit entre son épaule et son cou.

– Ici, on est en sécurité.

Samba nous fait entrer, nous les passagers clandestins, dans un couloir traversé de tubes souples et brillants. Il referme la porte et reprend, lampe à la main, la tête du groupe. Il essaye de nous rassurer :

– Ce sont des conduits d'aération. On est en dessous de la salle de ventilation.

Derniers escaliers. Dernière porte. Nous arrivons dans une pièce minuscule, meublée d'un seul siège et d'un tableau de commande couvert de boutons et de cadrans. Mais c'est la fenêtre qui m'attire. Une multitude de gouttelettes restent accrochées au carreau. À travers ce rideau de perles, je découvre la totalité du pont supérieur du cargo, miroitant sous les lumières artificielles. Les rayonnements de ce paysage m'attirent autant qu'un feu dans la nuit. Je m'approche de la vitre quand une main me tire en arrière.

– Baisse-toi, petit imbécile ! Tu veux nous faire repérer ? panique Samba.

Son regard interdit toute protestation. Toute excuse également.

– Dépêche-toi de rejoindre les autres.

C'est par le fond de la salle de ventilation que nous sortons enfin au grand air. Mon corps ne semble pas arrêter le vent. L'air glacé me transperce de part en part. Je rejoins Moussa, ma mère et Bayamé, cachés derrière le petit bâtiment. Nous ne sommes plus qu'à quelques mètres de la proue du cargo, à l'opposé des cabines et du poste de pilotage surmonté des radars, et surtout de la rampe d'accès arrière où toute l'activité est pour l'instant concentrée. À l'abri des regards, le dos collé contre le mur extérieur de la salle de ventilation, Moussa, Bayamé, ma mère et moi attendons en grelottant de froid.

Samba a déjà tout prévu. Sur la fourche du chariot élévateur garé à proximité, l'assistant cuisinier a entassé les poubelles de plusieurs semaines de mer : boîtes de conserve, emballages plastique et cartons se mélangent dans une caisse en bois posée sur le bras métallique de l'engin.

– C'est bon, venez, chuchote Samba.

Moussa grimpe dans cette poubelle plus haute que lui et disparaît sous les déchets de l'équipage, suivi par ma mère et Bayamé. À mon tour, je me hisse dans cette boîte censée nous conduire vers la liberté. Au-dessus de nos têtes, Samba ajoute aussitôt quelques cartons et de vieilles boîtes de conserve à l'odeur particulièrement repoussante. Il devait les garder pour l'occasion.

– Et maintenant, plus un geste ni un mot ! ordonne notre passeur. C'est compris ?

Un « oui » étouffé lui revient de la caisse d'ordures.

•

Samba tourne la clé de contact.

« C'est parti », murmure-t-il pour lui-même.

La caisse s'élève dans un bruit de chaînes et de mécanique mal graissée. Le chariot élévateur commence la traversée du pont, brandissant au-dessus de la tête des marins affairés la poubelle pleine à ras bord. L'ensemble vibre un peu mais sans menacer de perdre l'équilibre. Il s'agit finalement d'une opération mille fois répétée, très ordinaire et indispensable dès l'accostage du cargo dans un port. C'est ce que se répète Samba : « Tout va se passer normalement, tout va se passer normalement… »

Près de la cabine de pilotage, il distingue le capitaine du cargo occupé à discuter avec deux douaniers. Son pied tremble et dérape sur l'accélérateur. Les secousses font tanguer le chargement volumineux.

« Tout va se passer normalement… »

L'assistant cuisinier s'essuie le front avec son avant-bras. Il souffle dans ses mains pour les réchauffer et repart.

– Samba ! Ça fait un quart d'heure que je te cherche !

Le chef cuisinier bondit sur le marchepied du chariot. Il provoque un déséquilibre et fait glisser la caisse de quelques centimètres supplémentaires sur la fourche en métal.

– Arrête-moi tout de suite cet engin et retourne aux cuisines. Il reste de la vaisselle à laver, et le sol de la salle de restaurant n'a pas été nettoyé !

Samba évite le regard éternellement mécontent de son chef :

– M… Mais je dois vider les poubelles à terre…, objecte-t-il.

Le cuisinier se masse le front et les tempes. Il faut rester calme. Mais décidément, ces bougres d'Africains ne comprennent jamais rien.

– Samba, commence-t-il doucement d'une voix presque paternaliste, depuis quand quittes-tu les cuisines avant d'avoir terminé ton travail ?

– … Eh bien… J'avais pensé…

– Ne pense pas, Samba, OBÉIS !

Samba arrête le chariot élévateur à trois ou quatre mètres seulement du capitaine et des douaniers.

Le cuisinier rugit une nouvelle fois :

– Et ne me laisse pas cette caisse en l'air comme si tu voulais l'accrocher à la lune ! Tu veux écraser quelqu'un avec, ma parole ?

Samba est bien obligé de redescendre sa caisse à la hauteur du nez du capitaine qui semble n'avoir encore rien remarqué.

– Allez, au travail, fainéant !

L'ordre du cuistot est sans appel. Il pointe son index en direction des cuisines.

Mais le capitaine se retourne alors vers la caisse pleine d'ordures :

– Mon Dieu, mais c'est une infection ! Déchargez-moi ça à terre immédiatement !

– Euh… Tout de suite, mon capitaine, se raidit le cuisinier.

Samba ne peut retenir un petit sourire de revanche. Hélas ! ce rictus amusé se transforme vite en grimace de détresse.

– File aux cuisines, toi, avant que je ne te botte les fesses. Je m'en occupe personnellement sur-le-champ, mon capitaine.

Le cuisinier salue et s'installe aux commandes du chariot élévateur.

•

Du pont du bateau, Samba regarde son chargement s'éloigner, tanguer de droite à gauche au gré des brusques coups de volant du chef cuisinier. Il sait que ce dernier n'a pas l'habitude de manier le chariot élévateur qui s'engage maintenant sur la rampe de déchargement arrière. Des marins s'interpellent, amusés de constater avec quelles difficultés leur cuisinier dirige son véhicule. Il s'énerve, accélère violemment, tourne le volant trop brusquement. Le cuisinier transpire, il s'essuie le front avec la main ; cette même main qui glisse en reprenant le volant. Les marins ne sourient plus. Il s'en est fallu de quelques centimètres pour que cette embardée ne déséquilibre l'énorme caisse et ne l'envoie par-dessus la rampe de déchargement s'écraser sur le port.

Après s'être soulagé de quelques jurons, le cuisinier continue cependant son chemin jusqu'au bout de cette rampe métallique. Il s'engage sur les quais avec son encombrant fardeau, pour s'immobiliser enfin devant les immenses cuves à ordures installées près d'un entrepôt à marchandises. Là, le chauffeur se libère de son chargement sans ménagement. Il le positionne le plus haut possible pour mieux le déséquilibrer d'un violent coup de volant et d'accélérateur. La caisse s'écrase sur le flanc dans une mer de détritus.

3

– **M**amaaan !

– Chut ! Tais-toi, Bayamé. Ce n'est pas le moment de pleurer. Félix ? Moussa ? Ça va ?

– Ça va, Maman.

Je sors la tête des cartons. Les pieds de Moussa s'agitent sous mon nez. Il est complètement enseveli sous les ordures.

– On dirait bien que mon cher grand frère n'arrive plus à retrouver la sortie, dis-je en commençant à repousser les détritus.

– Doucement ! Moins de vacarme ou quelqu'un va nous entendre, chuchote ma mère.

Elle est inquiète. D'une main tendre, elle tente de rassurer Bayamé ; autant qu'il soit possible de le faire caché dans une cuve à ordures au milieu de la nuit. Moussa prend une grande inspiration en revenant à la surface :

– Aaah ! J'ai cru que j'allais étouffer là-dessous !

Je lui signale qu'il n'a pas forcément gagné au change. Bon sang, ce que ça peut sentir mauvais ! Il faut sortir d'ici vite fait ! J'ai beau me boucher le nez, j'ai l'impression que cette odeur infâme me remonte par la bouche.

Ma mère me fait signe de lui ouvrir le chemin.

– On y va, mais sans bruit, rappelle-t-elle.

Je me dégage en premier de cette fosse puante. Je demeure figé, en équilibre sur le bord de la cuve : la ville resplendit dans la nuit à quelques centaines de mètres de là. Si près. À portée de main.

Il faut maintenant terminer ce voyage sans se faire prendre.

– Allez-y. La voie est libre.

Je surveille les moindres mouvements des silhouettes charbonneuses qui arpentent le port. La peur durcit mon ventre. Moussa, ma mère et ma petite sœur sortent de ce tas d'ordures. Ils restent immobiles, le dos plaqué contre la paroi de la cuve sur laquelle moi, je reste perché.

Je pense à mon père.

Je pense aussi à Yaoundé et à ses histoires ; à cette légende qui parlait de guerriers peureux mais particulièrement malins. Ils avaient trouvé le moyen de dissimuler leur corps derrière leur ombre. Ainsi, lorsque d'autres guerriers venaient envahir leur village, ils ne trouvaient que des ombres reliées à aucun corps, se promenant entre les cases… ce qui suffisait à mettre les envahisseurs en fuite.

J'aimerais posséder ce pouvoir.

Aujourd'hui plus que jamais.

Mais il est impossible de se cacher derrière son ombre comme les guerriers de la légende. Quoique je pourrais peut-être m'inspirer de leur expérience… Je réfléchis un instant, puis, au lieu de regarder au plus près, mes yeux commencent à scruter l'ensemble de cette vaste étendue que ma famille et moi devons traverser pour rejoindre la ville. Les recoins obscurs, tous les lieux où la lumière trouve un obstacle deviennent autant de refuges qu'il faut relier les uns aux autres. Un chemin se dessine, sinueux comme le corps d'un serpent. Il va nous permettre de ne pas apparaître une seule fois à la lumière.

Impatient, Moussa me tire sur la cheville :

– Allez, descends de là, on y va !

– Attends une minute.

Rien qu'une minute.

Voilà. Cette fois, le chemin est complètement tracé. Je saute à terre pour rejoindre ma famille.

Dans l'ombre des bâtiments, dans celle des camions, des conteneurs et des grues, sans jamais que la lumière des lampadaires ne se pose sur notre peau noire, nous nous éloignons discrètement du port et des douaniers.

4

La pluie est revenue.

Toujours aussi fine et presque invisible.

Les trottoirs sont arpentés par quelques silhouettes pressées. Les portes des cafés s'ouvrent et se referment à intervalles réguliers pour laisser entrer ou sortir un de ces corps. Une vague de musique mêlée à un brouhaha se déverse alors au milieu de la rue.

Cinq marins rieurs nous dépassent sans même détourner la tête.

Ces premières images, ces tout premiers sons, se gravent dans ma mémoire avec la précision du couteau sculptant le bois.

Je suis déjà certain de ne jamais les oublier.

Moussa, Bayamé, ma mère et moi nous éloignons un peu plus des cargos et des douaniers du port de Brest. Nous remontons la rue en prenant un air naturel et détaché. Le tout étant bien sûr de ne pas se faire remarquer.

Une vitrine nous renvoie notre image : il est onze heures du soir, une mère africaine et ses trois enfants se promènent sous la pluie.

Nos vêtements sont couverts de taches, et je ne parle même pas de l'odeur.

On peut faire mieux pour passer inaperçu.

Derrière les vitres embuées des cafés, les corps semblent s'amuser : bien au chaud. L'envie ne me manque pas d'aller me joindre à eux car cette première sortie sur la terre ferme depuis trois semaines, je la trouve plutôt fraîche.

Ma mère me tend une feuille pliée en quatre. Le plan. Pour patienter, nous l'avons regardé cent fois durant notre voyage. À présent, il s'agite entre mes doigts comme les ailes d'un papillon. Ce petit bout de papier que je protège de la pluie et du vent est le seul lien avec notre oncle, le seul lien avec ceux qui un jour, pareils à nous, ont décidé de quitter leur pays.

Moussa tente de s'accaparer le bout de feuille quadrillée.

– Donne ça, réclame-t-il.

Ma mère intervient :

– Laisse Félix tranquille. Avec toi, on est sûrs de se tromper de chemin.

– Mais… c'est moi le plus âgé ! objecte Moussa.

– Ça n'a rien à voir. Félix ne se perd jamais, il tient ça de son père. Toi, tu es comme moi, capable de t'égarer dans ton propre village. Laisse faire Félix.

Bayamé tire un morceau de la robe de notre mère pour essayer de se protéger du froid. Elle demande :

– On est bientôt arrivés chez Tonton ?

– Bientôt, Bayamé, bientôt, soupire ma mère.

– C'est par là, j'indique avec assurance. Il faut continuer par la rue qui longe le château.

Moussa pointe son index vers la tour en pierre éclairée par une lumière orangée.

– C'est celui-là qu'on voyait du bateau ? Tu parles d'un château, il n'y a même pas de gardes !

– Il n'y a pas de roi non plus, dis-je à mon frère.

– S'il n'y a pas de roi, c'est pas un château, juge Bayamé.

– Ce n'est pas le moment de discuter, s'impatiente ma mère. Et toi, Félix, ne commence pas à faire l'imbécile.

Nouveau coup d'œil au plan. Ça correspond.

– Maintenant, il faut remonter cette rue. La rue des Français-Libres.

– Les Français libres… C'est stupide. Évidemment que les Français sont libres, soupire Moussa en se grattant la tête.

Ma mère nous pousse pour nous faire avancer :

– Allez, ne traînons pas ici.

•

Je reprends la tête du cortège :

– Bon, par ici c'est le pont. Nous, on doit remonter la rue opposée. C'est par là.

Avec fierté, ma mère souffle à l'oreille de Moussa :

– Félix est né avec le sens de l'orientation. Il ne peut pas se perdre.

Moussa lève les yeux au ciel.

Moi, je ne dis rien. Je suis trop heureux d'être supérieur à mon frère dans un moment aussi important. Mais si Moussa avait accompagné notre père aux marchés d'Abidjan, c'est lui qui tiendrait aujourd'hui le plan. Les rues de la capitale sont autrement plus nombreuses qu'ici. Mais ça, pas question de le dire. Je préfère fournir une autre explication, celle que mon père aurait aimé m'entendre donner :

– Pour ne jamais perdre son chemin, il faut penser comme un lion. Un lion ne se perd jamais, il sent les sources sous le sable et connaît mille indices pour trouver la gazelle. C'est Papa qui m'a appris à penser comme un lion.

Je continue fièrement d'ouvrir le chemin sur les trottoirs de la rue de Siam, large et rectiligne comme une piste traversant la savane.

– C'est des histoires, oui. Papa t'a appris à lire un plan, c'est tout, conteste Moussa.

Je m'arrête brusquement pour me retourner vers mon frère. Il commence à m'énerver, celui-là.

– Tiens, je lui lance, voilà le plan. Un lion n'a pas besoin d'un bout de papier pour trouver son chemin.

Puis je rugis : « Grrrr ! »

– Arrêtez de faire les imbéciles ! intervient ma mère.

– Maman a raison, concède aussitôt mon frère, reprends ce plan.

Je suis déjà reparti. Moussa me suit, le carré de papier accroché à ses doigts. Où est le haut ? Où est le bas ? Il n'en a aucune idée. Mais il le regarde d'un air très inspiré.

– Ne t'inquiète pas, Maman. Si Félix se trompe de route, je te préviens, assure-t-il en agitant son plan.

Mais Félix-le-lion ne peut pas se tromper. Je compte les rues. J'ai parfaitement mémorisé le dessin ; il faut prendre la quatrième à gauche. Nous en avons déjà dépassé deux, il en reste donc autant. Facile.

– Attention, c'est la police, prévient Moussa.

La voiture blanche surmontée d'une rampe de lumières arrive vers nous à contresens. Ma mère nous entraîne aussitôt dans une rue perpendiculaire. Elle nous prévient :

– Ne courez surtout pas.

Il n'y a personne dans cette rue sombre. Nos quatre silhouettes se fondent immédiatement entre les murs aux volets fermés, réapparaissent furtivement à la lueur d'un lampadaire trop faible pour faire le lien avec le suivant. Avant de se retourner, ma mère sait déjà que la voiture s'est arrêtée. Il y a des choses que l'on sent, même quand on n'a pas le sens de l'orientation.

– Ne vous retournez pas, ordonne-t-elle.

À l'intersection de la ruelle et de la rue de Siam, la voiture de police s'est rangée doucement le long du trottoir. Instinctivement, ma mère nous pousse devant elle, faisant obstacle au danger avec son corps.

– Par ici, nous indique-t-elle.

Cette impasse est encore plus petite. Elle semble se terminer au fond d'une cour. Nos respirations et nos pas s'amplifient entre les petits immeubles serrés. Nos poitrines se soulèvent comme celles de souris prises au piège.

Je frotte mes oreilles pour éloigner ce bourdonnement qui me remplit la tête.

– Zut, c'est un cul-de-sac ! Il faut revenir sur nos pas, s'énerve Moussa.

– Chut !

Je pointe un doigt vers le ciel pour réclamer le silence…

– Par ici. Derrière ces immeubles, il y a une rue. Il doit y avoir un passage entre les deux.

En quelques secondes, l'étroit chemin sans lumière apparaît. Des barrières en bois en interdisent l'accès aux vélos et aux Mobylette. À l'extrémité, une rue se dessine. Une camionnette s'en va et laisse une place vide parmi les voitures garées le long du trottoir. C'est le bruit de son moteur qui m'a guidé : un lion, ça ne se perd jamais.

•

Moussa soulève le menton dans ma direction :
– Et maintenant, on va par où ?
Je reste silencieux.
Toute la ville semble désormais endormie. Des rues inconnues se croisent et se voilent de mystère.
– Tiens, reprends le plan.
Mon frère a le même regard inquiet que ma mère et ma petite sœur. Mais ce plan est devenu inutile. Seul le chemin qu'il faut emprunter et surtout ne pas quitter y a été dessiné.
Je repousse le papier ; autant ne pas se rendre en plus ridicule.
Nous sommes perdus.

Je m'avance au milieu de la rue. Je tourne sur moi-même comme ces fleurs qui épousent le mouvement du soleil. Les yeux levés au-delà du toit des maisons et des immeubles, je cherche. Je scrute. Soudain, un sentiment de fierté durcit ma poitrine…

– Félix, une voiture !

Mais Félix-le-lion n'entend pas. Je ne quitte plus des yeux ce toit pointu, ce clocher dressé au-dessus de cette ville-labyrinthe.

« À côté d'une église : comme une fusée géante posée sur le sol », avait écrit notre oncle sur le plan. Je la vois, cette église. Nous sommes tout près.

– Félix ! Range-toi !

La voix de ma mère est couverte par le son puissant du Klaxon. Je sursaute en poussant un cri aigu. Les phares m'éblouissent. La chaleur de la voiture vient réchauffer mes cuisses.

– Hé, Bamboula ! T'es pas dans ta jungle ici !

En un éclair, j'ai rejoint le trottoir.

Le conducteur de la Ford gris métallisé remonte sa vitre en riant grassement et repart.

Je bafouille en serrant le bras de Moussa :

– Je… Je sais… par où aller.

Maintenant je peux reprendre mon souffle.

Deuxième partie

Kinonéo

5

Trois jours. Trois jours en France.

Trois jours chez l'oncle et la tante Massoudé. Je ne les avais jamais vus avant. Ils ont quitté la Côte-d'Ivoire bien avant ma naissance. Aujourd'hui, leurs vêtements ont perdu les couleurs vives de l'Afrique, les vases et les plats transparents ont remplacé les poteries, et les photos encadrées au-dessus du réfrigérateur rappellent qu'ils vont parfois à la patinoire en famille.

Ils habitent au troisième étage d'un petit immeuble donnant sur la rue Michelet avec leurs quatre enfants, tous nés en France. Le jour de notre arrivée, je me suis retrouvé face aux yeux curieux de mes trois plus jeunes cousins. Mon oncle a deviné ma surprise :

– Ils ont la peau noire comme toi, mais pour eux tu es aussi « exotique » que peut l'être un Pygmée pour un Européen.

– Tu es un vrai Africain comme Papa ? m'a demandé Hippolyte, le plus petit.

– Oui… Bonjour, je m'appelle Félix.

•

L'oncle Massoudé nous a installés dans sa cave. Mais nous y dormons seulement. Dans la journée, nous occupons les deux pièces de l'appartement avec nos cousins.

Nous, les enfants, nous restons la plus grande partie de la journée entassés dans la petite chambre, perchés sur les lits superposés, groupés par deux ou trois sur le même matelas autour d'un livre, d'un jeu ou de la radiocassette.

Ma tante s'est accaparé Maman et Bayamé, et elle n'a qu'un souci en tête : nous accueillir de la meilleure façon qui soit. Chaque soir, c'est donc un déchirement et une honte pour elle de nous envoyer dormir à la cave.

– Tu le sais que c'est mieux ainsi. En cas de problème, il ne doit pas y avoir de traces de notre passage chez vous. Vous prenez déjà assez de risques comme ça, lui rappelle régulièrement ma mère.

Moussa, lui, se comporte comme s'il était le chef de notre famille, la tête pensante. Ses manières d'aîné responsable ne le quittent pas de la journée et il refuse évidemment de se mêler aux jeux dans lesquels m'entraînent nos trois jeunes cousins. Il préfère passer son temps avec notre grande cousine, Clémentine, qui lui raconte ses premières sorties, le cinéma, les magasins de disques et de « fringues »… et mon grand frère imbécile prend un air inspiré en feuilletant des catalogues de vêtements à la mode.

Moi, je tente de satisfaire Hippolyte et ses deux frères. Je leur ai raconté tout ce que leur père et leur mère avaient décrit mille fois pour eux mais qu'ils avaient envie d'entendre encore : la forêt, les animaux qui s'y cachent et font entendre leurs cris, les routes, les pistes, les champs de bananiers, de caféiers et de cacaoyers, les maisons des Sénoufos aux portes sculptées, les poètes et les griots[*] que l'on écoute sans jamais cligner des yeux…

---

[*]Les mots ou groupes de mots suivis d'un astérisque sont expliqués dans le lexique en fin de volume.

Et sans relâche, les petits me questionnent :

– Et ta maison, elle est comment ta maison ?

– Ma maison ? Elle est ronde, en terre et pas plus grande que cette chambre. Mais elle a le meilleur toit en chaume du village comme seul mon père sait en faire. Un toit qui résiste aux déluges pendant la saison des pluies, plus coriace qu'une peau de crocodile.

– T'en as déjà vu des crocodiles ?

– Et des éléphants, en vrai ?

J'aurais pu dire oui pour leur faire plaisir. J'aurais pu aussi leur expliquer qu'on ne croisait pas souvent de crocodiles ou d'éléphants dans les champs de cacaoyers ; seulement des rats et des perroquets qu'il faut chasser pour ne pas perdre une part de la récolte et du misérable salaire qui en dépend. Non, pas d'éléphants ni de crocodiles pour égayer les quinze kilomètres de piste qu'il faut parcourir à pied quotidiennement pour rejoindre les plantations. Juste un contremaître qui vous attend pour vérifier votre travail.

– Alors ? Et les éléphants ? s'impatientent les petits.

Heureusement je n'ai pas eu à répondre à leurs questions : c'était l'heure de descendre à la cave.

6

Hier, c'était le dernier jour des vacances de février. Les vacances d'hiver, comme dit ma tante.

Ce matin nos quatre cousins sont donc retournés à l'école. Moussa, Bayamé et moi sommes seuls dans la chambre. L'oncle Massoudé est déjà à son travail, ma tante est partie faire des courses. L'appartement semble immense. Immensément vide. Je rejoins Maman au salon et je m'assois près d'elle, sur le canapé-lit où dorment mon oncle et ma tante. Elle vient tout juste de le replier.

– Tu crois qu'on pourra bientôt aller à l'école ?

– Peut-être. Il faut d'abord que je trouve des papiers et un travail. Après, on verra. Pour l'instant, il n'est pas question de sortir d'ici. Ton oncle va essayer de tout arranger. Mais il faut être patient, m'explique-t-elle.

Bayamé nous a rejoints et s'accapare les genoux de Maman.

– Ça ne va pas être facile, tu sais, reprend ma mère. Nous n'avons pas le droit d'être dans ce pays. Si la police nous attrape, nous n'avons pas de papiers, et ils nous renverront chez nous. Notre seule chance, c'est de ne pas nous faire remarquer. Ensuite, ton oncle a dit qu'il essayerait de régulariser notre situation.

– Régulariser ? Tu parles comme si on était des voleurs ou des criminels !

Mon frère s'assoit à côté de nous.

– Laisse parler Maman, me dit-il avec un air posé.

Il tombe bien, celui-là. J'en profite pour lui faire remarquer qu'il commence à m'énerver avec ses airs supérieurs.

Ma mère ignore notre dispute et poursuit d'une voix pleine d'espoir :

– Un jour peut-être, nous aurons des papiers, un travail, une maison à nous… et votre père pourra nous rejoindre.

Je n'entends plus Moussa me parler de son rôle de grand frère. Il ne me reste que la fin de la phrase de ma mère en tête, une suite de mots suspendue dans les airs :

« Votre père pourra nous rejoindre… »

Papa…

Papa en France avec nous.

●

La nuit avant d'embarquer sur le bateau dans le port d'Abidjan, mon père passait et repassait sa main sur nos cheveux courts et crépus comme s'il voulait que ses doigts se souviennent à jamais de la forme de nos têtes. Samba, notre passeur, était venu nous chercher dans un petit café du quartier de Treichville où nous nous étions donné rendez-vous. Toute la journée, nous avions travaillé dans les champs mais, ce soir-là, nous ne ressentions aucune fatigue.

Je ne quittais pas mon père des yeux.

Quand Samba est entré, j'ai arrêté de respirer. Mon père lui a donné les deux enveloppes contenant l'argent : quelques dizaines de milliers de francs CFA, et surtout de précieux dollars. Tout ce que nous avions gagné ensemble sur les marchés d'Abidjan, les rares journées où nous ne travaillions pas aux champs. Des heures passées sur les routes menant à la capitale, des heures passées à vendre des sculptures que nous réalisions la nuit dans du bois de fromager, des heures et des heures passées aux limites des quartiers chics à faire des sourires à des touristes en manches courtes. À chaque fois, nous devions faire vite. Étaler nos objets à même le trottoir. Changer souvent de place pour ne pas s'attirer les foudres des vendeurs réguliers habitués à défendre leur emplacement au couteau. Ne pas se faire prendre par les policiers qui sinon nous fouillaient et partaient avec la moitié de notre recette, dans le meilleur des cas.

Beaucoup d'efforts et de risques pour se retrouver en face de vacanciers extirpant en riant leurs portefeuilles épais et essayant de faire baisser les prix parce que, en Afrique, c'est bien connu, on marchande.

— Bientôt ils vont nous demander de leur faire des paquets-cadeaux, s'est énervé un jour mon père.

Il n'a pas compris tout de suite pourquoi cette réflexion me faisait sourire : il venait de me donner une idée. Une idée en or. Des paquets-cadeaux ? Pourquoi pas.

– Mon fils, tu as le génie ! s'est exclamé mon père.

Sans attendre, nous avons commencé à envelopper nos sculptures dans des feuilles de bananier tressées encore vertes.

« Monsieur, monsieur, regarde comme il est beau cet éléphant. Je l'ai sculpté moi-même, monsieur. Allez, monsieur, pour le même prix, je te fais un paquet, regarde comme c'est joli, tu pourras l'offrir à tes amis… Combien tu en veux ? Trois ? D'accord. »

Cette originalité a rapidement fait notre succès, et, avant d'être copiés par les autres marchands, nous avions vendu tout notre stock à très bon prix. Heureusement, car notre présence commençait à rendre nerveux nos concurrents peu reconnaissants. Ces derniers avaient déjà assez de la police sur le dos pour réduire leur chiffre d'affaires. Les lames de leurs couteaux réfléchissaient les rayons du soleil, et nous avons quitté la capitale en courant… mais les poches pleines.

●

Quand Samba a sorti les billets des enveloppes pour les recompter discrètement sous la table, je savais déjà qu'il manquait le prix d'une place. Mais j'espérais un geste. Il n'en a fait aucun. Au contraire. Il nous a regardés d'un air désolé. Le prix, c'est le prix. Le travail, ça se paye.

Non, en Afrique, on ne marchande pas toujours.

Samba s'est alors adressé à mon père.

– Tu fais bien de rester ici, a-t-il dit. En cas de problème, la police est plus indulgente avec une femme seule et ses enfants. Quand ils seront installés, tu pourras les rejoindre facilement.

Papa a souri à cette tentative maladroite de Samba pour le rassurer :

– Et ça me laisse le temps de rassembler l'argent pour payer mon voyage, a-t-il dit.

Samba a hoché la tête. Il devait bien vivre, Samba. Il savait qu'une fois en France, nous aurions la possibilité de gagner de l'argent que nous enverrions à mon père.

Samba. Je lui en voulais.

Mais je n'arrive toujours pas à le haïr. En vérité, chacun essayait de survivre.

Les yeux de mon père brillaient. Oui, je me souviens qu'ils brillaient. Sûrement autant que les miens. Oui, ils étaient beaux, nos yeux, avec leurs larmes retenues.

Mon père a embrassé Maman une dernière fois et lui a dit qu'elle était une femme courageuse.

Il nous a embrassés l'un après l'autre en disant qu'il était fier de nous.

Puis nous sommes partis derrière notre guide. J'ai jeté un dernier regard sur ce quartier populaire d'Abidjan. Un flot de musique occidentale et africaine se déversait pêle-mêle dans les rues. Les portes ouvertes des boîtes de nuit attendaient leurs premiers clients. Un peu plus loin, en nous dirigeant vers le port, les manguiers peuplés de milliers de chauves-souris animaient la place. Sous les lumières rasantes annonçant le crépuscule, trois enfants s'essayaient à la fronde, semant la terreur parmi la colonie d'animaux volants. Derrière, les immeubles ultramodernes se dressaient comme des géants endormis.

C'est la vision que j'ai emportée d'Abidjan avant de me cacher dans les provisions destinées à l'équipage et de monter clandestinement sur le cargo de Samba.

7

Vivre dans l'appartement de notre oncle pourrait être très plaisant.

Quant à la cave, y passer la nuit n'est pas vraiment désagréable. Nous dormons tous sur le même matelas, les uns serrés contre les autres, moi au milieu, le nez dans les cheveux de ma sœur et le souffle de mon frère dans les oreilles. Nous sommes si proches qu'il en devient même difficile de nous disputer. Nous devons faire preuve d'imagination pour retrouver le plaisir d'une bonne bagarre avec Moussa.

Non, vivre dans l'appartement de notre oncle pourrait être un plaisir. Il suffirait simplement d'avoir le droit d'en sortir. Et ça, c'est impossible. Maman l'a encore répété ce matin :

– Personne ne doit nous voir. Nous ne devons quitter l'appartement que pour nous rendre à la cave, et le plus discrètement possible. Sinon des voisins pourraient nous dénoncer, et la police viendrait nous arrêter.

Puis elle a allumé la télé.

Dès qu'elle a eu le dos tourné, Moussa a changé de chaîne. Je lui ai arraché la télécommande des mains. Les clips, j'en ai marre. C'est l'heure de ma série préférée. Il m'a sauté dessus : grâce à la télévision, nous avons trouvé un motif de dispute inépuisable.

Mais la vérité, c'est que, depuis que nos cousins ont repris l'école, nous nous ennuyons terriblement.

– On pourrait bien aller faire un petit tour.

Maman secoue la tête de droite à gauche pour la énième fois.

– Mais tu ne vas pas nous laisser enfermés ici toute notre vie !

J'ai beau protester, invoquer qu'un lion comme moi a besoin de se dégourdir les jambes, rien n'y fait. Maman ne cède pas. Imperturbable, elle continue de nettoyer les meubles de l'appartement sur lesquels aucune poussière n'a le temps de se déposer. Bientôt, ma tante va rentrer des courses et elle ira s'enfermer dans la cuisine avec ma mère pour préparer le repas.

Il me reste la fenêtre du salon.

J'appuie mon front contre la vitre en soupirant. Des hommes sans regard poussent la porte du café d'en face, des hommes à la tête avalée par le col de leur manteau. Cette ville ressemble à ces corps étranges, une ville froide et effrayante, mais terriblement attirante. Un chien traverse la rue, une voiture freine et klaxonne. L'animal détale aussi vite que je l'ai fait la nuit de notre arrivée. Les semaines passées sur le bateau sont déjà loin. Mon dernier souvenir, c'est le port d'Abidjan. Et l'Afrique. Et ce soleil. Les routes et les pistes qui relient les villages entre eux. Le fleuve. Les pirogues des pêcheurs peintes de couleurs éclatantes. Les pluies. Et encore le soleil qui jaunit les herbes.

Presque de quoi oublier les champs de bananiers, de caféiers et de cacaoyers. Presque, mais pas assez.

Les passants continuent leur défilé dans cette pluie fine portée par le vent. La porte du café s'ouvre encore. On se salue, journal à la main.

On rentre des courses avec un panier bien rempli. Derrière moi, des odeurs s'échappent déjà de la cuisine. Une buée se forme sur la fenêtre. Les cuillères font tinter les casseroles, ma tante fredonne une chanson française qui parle d'amour. Ma mère essaye de l'imiter.

La voix de Papa se réveille à l'intérieur de ma tête. Les battements de mon cœur marquent le rythme, et son chant envahit mon corps tout entier :

« *M'betara*[*] *Kolikoro*
Mideni abenan sissan
Allah ika kôssôbé… »

8

La porte s'ouvre brutalement et rebondit contre le mur. L'oncle Massoudé, à bout de souffle, entre en trombe dans l'appartement. Il vient de monter les trois étages en courant. Un large sourire lui traverse le visage. Serrée dans sa main droite, une bouteille s'agite au-dessus de sa tête :

– Ça y est ! ÇA Y EST !

Ma tante bondit hors de la cuisine, une cuillère fumante dans chaque main.

– Mais qu'est-ce que tu fais là, toi ? Tu ne restes pas manger à ton travail comme d'habitude ?

Maman arrive à son tour en se frottant les mains dans un torchon rouge et blanc. Elle regarde d'un air interloqué mon oncle qui vient vers elle en dan-

sant, sa bouteille toujours érigée en signe de vic-
toire.

Il chante :

– Je t'ai trouvé un travail, je t'ai trouvé un travail !

Ma mère hurle de joie. Et sa voix est immédiatement couverte par celle de ma tante qui se jette sur
son mari pour l'embrasser.

– Hé !… Hé, hé, du calme…, supplie mon oncle
en serrant sa bouteille à deux mains.

Maman nous embrasse tous les uns après les
autres, et elle recommence, en riant, et en pleurant.
Je tape dans la main de mon frère. Bayamé se roule
sur le tapis du salon.

– Attention !

Le bouchon traverse tout l'appartement,
rebondit sur la porte de la salle de bains et atterrit
entre les jambes de ma petite sœur. Elle s'en empare
aussitôt comme s'il s'agissait d'une pierre précieuse.

– Champagne ! s'écrie mon oncle. On va fêter ça
à la française !

Il prend un peu de mousse qui s'écoule le long
du goulot de la bouteille et en asperge ma mère.

– Ça porte chance, précise ma tante.

– Il s'agit d'un travail dans un restaurant. Un grand restaurant, annonce mon oncle.

– Tu es formidable, lâche Maman.

– Tu devras faire le ménage tôt le matin. Un peu de vaisselle, l'aspirateur, les carreaux, les miroirs, tout ça. Il faut faire briller. Après, pendant que les patrons s'occupent du restaurant le midi, il faut aller faire le ménage chez eux. Là aussi, il faut faire briller. Et l'après-midi, pendant la pause des employés, il faut faire encore un peu de ménage au restaurant. Et pour tout ça, pas besoin de papiers. Les patrons m'ont assuré en riant qu'ils payaient tout au noir.

– En plus, ils ont de l'humour, note ma tante.

Ma mère sanglote de bonheur. Elle pose ses mains ouvertes sur sa poitrine.

– Vraiment, je sais pas quoi dire…

– Tu viens de passer la première étape, et pas la plus facile, explique mon oncle. Avec ce travail, tu auras de l'argent, et avec de l'argent, on peut toujours se débrouiller. Fais-moi confiance.

– Tu peux lui faire confiance, promet ma tante en déposant ses plus beaux verres sur la table.

Bayamé regarde d'un air amusé tous ces géants qui s'animent et s'embrassent autour d'elle. Ses petites mains collées forment une coquille d'ébène qui protège le précieux trésor qu'elle y a enfermé.

– Mais le chemin à parcourir est encore long, prévient mon oncle avant de repartir travailler. Vous n'avez franchi là que la première étape.

Devant tous ces yeux attentifs tournés vers lui, mon oncle ne résiste pas. Bien qu'il soit pressé, il se rassoit et frotte ses longues mains sur ses cuisses :

– Vous ne connaissez pas l'histoire de Kinonéo ? s'étonne-t-il sincèrement. Vous avez déjà oublié l'Afrique ?

En réponse à nos regards chargés d'ignorance, il commence à raconter :

– Kinonéo était un léopard. Un léopard que les hommes avaient chassé de son territoire en brûlant sa forêt. Kinonéo était donc parti et, après avoir marché pendant plusieurs jours et plusieurs nuits sans se reposer, il arriva de l'autre côté des montagnes dans un lieu qu'il jugea lui convenir parfaitement. Mais l'animal qui entre dans un nouveau territoire, s'il est intelligent, ne s'expose pas au milieu de la clairière. D'abord il observe. Caché sous les feuillages épais de la forêt. D'abord, il chasse discrètement, uniquement la nuit et sans bruit, il enterre ses restes et traverse les cours d'eau pour que personne ne puisse suivre sa trace. Puis un matin, il salue les autres animaux. Surtout ceux dont il pourrait sans peine faire son menu mais auxquels il prend bien garde de ne pas toucher. Il est très poli aussi avec les éléphants, et le rhinocéros, s'il s'en trouve un à passer régulièrement par là. C'est ainsi qu'a procédé Kinonéo. Et lorsqu'un jour, il a enfin croisé les lions et les lionnes qui ne sont pas partageurs sur la viande, il leur a dit :

« – Comment ça, qu'est-ce que je fais ici ? Mais j'ai toujours vécu ici ! Demandez donc aux gazelles et aux phacochères… ou aux éléphants et au rhinocéros !

« Les animaux étaient tous d'accord. Kinonéo était là depuis… depuis quand au fait… sûrement depuis toujours. Lorsqu'on rencontre un léopard aussi aimable, on ne se pose pas ce genre de question.

« C'est ainsi que Kinonéo a trouvé un nouveau territoire pour remplacer celui que les hommes avaient brûlé.

Et le plan de l'oncle Massoudé est aussi simple que son histoire. C'est un plan qu'il a imaginé, bien sûr, car lui est venu en France il y a longtemps, pour le travail. L'oncle Massoudé, on lui a donné tous les papiers. Mais son plan, il en est certain, va fonctionner.

— Le meilleur moyen pour rester en France, explique-t-il, ce n'est pas de se présenter aux guichets de la préfecture. Non. Ça, c'est le meilleur moyen pour se faire expulser. Ce qu'il faut d'abord, c'est trouver un travail pour pouvoir s'acheter de faux papiers : des cartes d'identité, un certificat de nationalité et un livret de famille. Ensuite, il faut trouver un appartement et un nouveau travail mais pas « au noir » cette fois. Puis il suffit d'attendre sa carte de sécurité sociale, sans oublier de bien s'entendre avec ses voisins, et de déclarer le vol de ses papiers pour en avoir des nouveaux tout à fait légaux.

Voilà comment mon oncle envisage de nous faire devenir français.

Il nous l'explique quatre fois de suite et repart à son travail.

Le dîner se termine.

Mes cousins ont raconté leur journée à l'école en long et en large. Ma mère est impatiente de faire briller ce restaurant autant qu'un diamant et ma tante n'en termine pas de féliciter son mari.

Moi aussi, je devrais nager dans le bonheur.

– Tu as bien dit que nous avions besoin d'argent pour acheter des papiers. Alors si je trouvais un travail, on gagnerait du temps.

Mon oncle semble réfléchir sérieusement à ma proposition. Il enferme son menton dans la paume de sa main et incline légèrement la tête en arrière. Ses longs doigts massent sa joue droite.

J'en profite pour insister :

– Je suis sûr que je pourrais travailler comme serveur, ou dans un magasin.

– Un peu trop voyant, tu ne crois pas ? sourit mon oncle.

– Toi, tu iras à l'école, intervient ma mère. Tu es doué pour les études. Tu n'imagines quand même pas que je vous ai amenés jusqu'ici pour vous faire travailler comme balayeur ?… Oh ! Excuse-moi…

Mais la réflexion de ma mère ne vexe en rien mon oncle. Lui non plus n'envisage pas de léguer son balai à ses enfants.

– Non, tu as raison. Félix doit aller à l'école dès que ce sera possible. Bayamé également. Mais peut-être que je pourrais trouver un emploi pour Moussa. Qu'est-ce que tu en penses, Moussa ?

Moussa replie la dernière lettre de Papa et la range dans l'enveloppe marquée au nom de mon oncle et ma tante :

– Moi, je suis prêt à faire n'importe quoi pourvu que ça nous aide à être tous réunis.

Maman se penche vers lui. Elle chuchote :

– Tu es un bon fils, Moussa.

À mon avis, c'est plutôt lui qui aurait besoin d'aller à l'école. Mais je préfère garder cette réflexion pour moi. J'arrache l'enveloppe des mains de mon frère et je me lève de table.

– Où vas-tu comme ça ?

La voix de ma mère est sèche.

La mienne aussi :

– Je vais me coucher… à la cave. Je compterai les rats pour m'endormir !

Mes cousins éclatent de rire.

Derrière moi, je devine mon oncle qui retient ma mère. Il lui dit que ça va me passer. Avant de fermer la porte de l'appartement, j'entends ma mère qui rassure ma tante :

– Je te jure qu'il n'y a pas l'ombre d'un rat dans ta cave…

Troisième partie

Félix-le-solitaire

10

Encore des jours.

Encore des semaines.

Ma tante dit qu'on va vers le beau temps. Je jette un œil à la fenêtre et j'ai du mal à la croire. Chaque journée semble encore plus longue que la précédente.

Clémentine m'a proposé de me donner des cours de français, de mathématiques et d'anglais. Tous les soirs, dès son retour du lycée, elle passe une heure avec moi. Il paraît que j'apprends vite. Il parait que j'irai bientôt à l'école.

Ce matin, comme d'habitude, Maman est partie travailler très tôt. Et l'oncle Massoudé a accompagné mon frère afin de le présenter à un mareyeur qui a besoin de main-d'œuvre bon marché pour nettoyer des poissons.

Et moi, je reste seul.

Ma tante s'occupe de Bayamé en préparant le repas du midi. Je ne trouve ni l'envie, ni le courage, de baisser les yeux vers les cahiers et les livres que m'a laissés Clémentine.

Je fixe la fenêtre entrouverte et j'écoute les bruits de la rue. Il est dix heures. J'entends ma tante pester contre sa mémoire. Elle vient de s'apercevoir qu'elle n'a plus d'oignons. Et il est inconcevable de préparer un mafé* sans oignons. Surtout pour ma tante ; elle ignore le compromis en matière de gastronomie :

– J'ai besoin de descendre acheter des oignons. Tu crois que tu pourrais t'occuper de ta petite sœur et surveiller en même temps mes casseroles ?

Je réponds d'un signe de tête négatif. Ma tante n'insiste pas. De toute façon, me faire surveiller ses casseroles ne l'emballe pas vraiment. Elle retourne dans sa cuisine pour en ressortir aussitôt. Une grimace d'embarras se lit sur son visage et témoigne du terrible cas de conscience qui l'anime :

– Je ne peux quand même pas me passer d'oignons…

Je suis bien de son avis. Et je m'empresse de le lui dire :

– C'est vrai. Un mafé sans oignons, ce n'est plus un mafé…

– Tu as raison, approuve-t-elle.

Elle réfléchit quelques secondes et propose enfin :

– Tu crois que tu pourrais…

– Bien sûr.

– Mais pas un mot à ta mère…

– Promis.

Elle ouvre son porte-monnaie tout en m'expliquant comment me rendre à l'épicerie la plus proche.

Je descends déjà les escaliers quatre à quatre, une pièce de dix francs serrée au creux de ma main. Je saute les dernières marches et pousse de toutes mes forces sur la porte de l'immeuble.

Enfin à l'air libre !

Sur le trottoir, les gens me frôlent sans même me regarder. Des voitures. Des vélos. Une vieille dame tourne la tête vers moi. Je lui souris. Elle continue son chemin. Tout ce bruit résonne dans ma tête : les moteurs, les gens qui montent dans un bus, un chien qui aboie. J'ai l'impression de prendre une grande inspiration comme un plongeur qui remonte à la surface. Après cette longue apnée, mes poumons se remplissent de cet air vif et enivrant au point de me donner le vertige.

L'épicerie.

À cinq cents mètres à gauche. Ma tante me l'a expliqué avec mille précisions. À croire qu'elle a construit la route pour s'y rendre.

J'essaye de marcher normalement, à la manière des autres passants. Mais j'ai envie de courir, de jeter mes chaussures en l'air et de frapper le sol de mes pieds nus. J'ai envie de sauter, de monter sur le toit des voitures et de rugir. J'ai envie de marteler cette poubelle pour que le rythme accélère les battements de mon cœur…

Mais je marche normalement, du même pas régulier que les gens devant moi. Je prends un air préoccupé comme ce monsieur en costume, je mets les mains dans les poches de mon pantalon pour imiter cet homme qui traverse la rue, et l'épicerie est déjà là. Je m'approche des étals de fruits et de légumes installés sur le trottoir, de la vitrine couverte d'affiches, de la porte ouverte.

J'entre.

Je suis le seul client dans la boutique. L'épicier me demande :

– Qu'est-ce qu'il veut, ce jeune garçon ?

Sa voix est chantante. Son gros ventre l'oblige à se tenir légèrement en retrait de son comptoir.

Je m'avance vers lui :

– Je voudrais trois oignons, s'il vous plaît, monsieur.

– Quand c'est demandé aussi poliment, je fais le service pour le même prix !

Son visage est radieux. Il passe de l'autre côté de sa caisse et traverse tout son magasin en sifflotant. Arrivé devant ses étals de fruits et de légumes, il attrape les trois oignons d'une seule main et les plonge dans un sac en papier marron sur lequel est dessinée une corne d'abondance.

Cette attention me surprend.

– Je n'ai pas besoin de paquet-cadeau, lui fais-je remarquer.

L'épicier me regarde d'un drôle d'air et éclate d'un rire franc :

– T'es un marrant, toi. Ça fait longtemps que tu es dans le quartier ?

Nous retournons à la caisse. Je tends ma pièce de dix francs. Il attend toujours la réponse à sa question.

– Pas très longtemps.

– Et tu viens d'où comme ça ?

Son sourire lui remonte ses grosses joues rouges.

– Je viens d'Afrique.

– Ça, je l'aurais deviné tout seul !

Et il éclate encore de rire :

– Tiens, voilà ta monnaie. Si tu habites près d'ici, tu repasseras peut-être me voir ?

Je m'entends répondre :

– Je suis juste à côt…

Heureusement, je me reprends à temps :

– … juste passé là par hasard.

– Alors à un de ces jours peut-être.

– C'est ça. À un de ces jours, monsieur.

11

Je sors de l'épicerie. Heureux de cette rencontre. Heureux de cette ville et de ce pays.

Allez, dix minutes, pas plus.

Juste un petit tour. Je dirai que je me suis égaré. Non, sinon ma tante ne me laissera plus sortir. Je dirai autre chose.

Je réfléchis à mon excuse et j'avance sur le trottoir. Encore un café. Une odeur de tabac s'en échappe. Un instant, j'imagine y entrer et retrouver mon père, le regarder boire une bière pendant que je sirote un Coca à la paille. Comme à Abidjan les jours de marché.

Je remonte la rue. Puis une autre. Pour chacune d'entre elles, je retiens un ou deux détails, surtout aux intersections. Une vitrine, une enseigne. Une palissade de travaux. C'est difficile de faire un choix quand tant de choses retiennent l'attention. Mais ce qui est gravé est gravé. Les rues du quartier deviennent une suite logique d'indices.

La ville me semble moins grande.

Un restaurant chinois. Un dragon noir. Un square d'enfants. Un cinéma. J'arrive près d'un pont. L'air frais me pénètre les narines et m'oblige à fermer les yeux. Le vent est fort. En bas, il y a les bateaux et la mer.

C'est un immense pont de béton et d'acier.

Il me rappelle d'autres ponts, ceux que j'ai connus aux alentours de mon village.

Les miens sont faits de lianes attachées d'une rive à l'autre aux troncs des arbres. Ils ressemblent à de gigantesques hamacs oscillant au-dessus des fleuves. Mais ils sont solides, aussi résistants que la multitude de nœuds qui les composent. Les plus anciens racontent que ces ponts de lianes sont fabriqués la nuit par des génies. Et pour ne pas faire mentir la légende, les réparations se font uniquement la nuit. Je le sais. Une fois, j'ai suivi mon père.

Mais ici, à Brest, on aurait du mal à faire croire aux enfants que ce pont a été dressé là par un génie. Je suis à peine arrivé de l'autre côté qu'une sirène retentit. Les barrières s'abaissent et la partie centrale du pont s'élève vers le ciel pour laisser passer un bateau.

… Soulever un pont pour laisser passer un bateau. Décidément, ça ne peut pas être l'œuvre d'une magie. Les génies auraient fabriqué un pont plus haut pour que les bateaux puissent passer en dessous sans déranger les voitures et les piétons.

– **H**ummmm…

– Range-toi.

– Aïe ! Tu m'écrases la jambe !

– Mais pousse-toi, bon sang. Je travaille, moi !

Moussa m'aplatit le mollet. Je lui envoie un coup de pied, mais je le rate. Il prend l'oreiller de Maman et me l'envoie en pleine figure.

– Tu me payeras ça !

– C'est ça ! Commence par moucher ton nez !

Je brandis l'oreiller. Le projectile traverse la cave à la vitesse d'un boulet de canon et s'écrase contre la porte que Moussa vient de refermer.

Raté !

Je retombe en arrière sur le matelas.

Il est encore tôt.

Sans doute sept heures. Moussa se lève à sept heures ce matin. Maman, elle, est déjà partie travailler. Bayamé termine sa nuit dans le lit de ma tante. Je suis tout seul dans la cave.

Il est encore tôt, et il fait trop froid pour sortir du lit.

Je m'enroule dans les couvertures et je me rendors.

•

Le réveil de Moussa indique presque dix heures.

Ma bouche est sèche, et mes yeux encore gonflés d'un si long sommeil.

Je referme la porte de la cave à clé derrière moi. Personne dans le hall d'entrée de l'immeuble. Personne non plus dans les escaliers qui mènent au troisième étage.

– Tiens, te voilà, toi, dit sèchement ma tante quand j'entre dans l'appartement.

L'accueil est glacé. Elle ne m'a pas encore pardonné mon escapade d'hier. Trois quarts d'heure pour acheter trois oignons au pied de l'immeuble, c'est beaucoup. Même pour quelqu'un qui prétend s'être arrêté regarder les vitrines en chemin.

Mais ma tante n'a rien raconté à ma mère. Bien obligée. C'est peut-être pour ça que je n'ai pas cherché d'excuse plus convaincante.

Ma tante pose un bol sur la table de la cuisine et bougonne :

– Mange, ça va te réveiller.

Bayamé s'accroche à moi. Dès que je suis assis, elle grimpe sur mes genoux.

– Féliis ! Féliis !

– Bayamé, laisse ton frère déjeuner, intervient ma tante.

Au son de la voix, sa mauvaise humeur est déjà moins flagrante. Il y a de l'espoir… J'embrasse Bayamé et je la repose par terre.

– Il y a du jus de fruits ? je demande.

– Non. Les autres ont tout bu. Mais tu peux te faire un jus de pamplemousse, si tu veux. Il en reste un.

D'un geste brusque, ma tante dépose le fruit jaune juste à côté de mon bol. Elle n'est peut-être plus en colère, mais elle ne souhaite pas se réconcilier trop vite avec moi.

Je vais donc me servir dans le réfrigérateur, le plus discrètement possible.

Ma tante commence à préparer le repas. Ses enfants seront là ce midi.

Je la laisse ressasser ses reproches à mon égard. Ça lui passera. De toute façon, elle ne tardera pas à avoir à nouveau besoin de mes services. Elle ne peut pas aller faire ses courses avec Bayamé dans les bras, sinon les voisins vont l'assaillir de questions. Et me laisser seul dans l'appartement avec ma petite sœur ne l'enchante pas vraiment.

Je crois qu'elle a déjà fait le tour de la question. La voilà justement qui vient s'asseoir en face de moi…

– En tout cas, tu as bonne mine, remarque-t-elle

– C'est l'air de la ville. Ça me fait du bien. Je ne peux pas vivre enfermé, tu sais.

– Je sais, me dit-elle presque à regret.

– Je ne voulais pas que tu t'inquiètes, hier. J'étais tellement content d'être dehors…

– Je comprends, me coupe-t-elle. Ce n'est pas trop grave.

Sur le tapis, Bayamé joue avec un chausson. Le tapis, c'est la mer. Le chausson, un bateau. Peut-être est-ce nous sur le cargo. Bayamé fait le bruit des vagues. Il y a des plis sur le tapis. Les plis, c'est les vagues. Bayamé fait le bruit du vent.

Ma tante croise ses bras sur la table :

– Est-ce que tu veux retourner à l'épicerie ? J'ai encore besoin de quelques courses.

Je me lève pour me jeter à son cou. Elle m'arrête d'un geste de la main :

– Cette fois, tu reviens directement. Et surtout, tu ne parles à personne dans la rue.

En guise de promesse, je l'embrasse tendrement.

13

Tiens, voilà mon copain africain, s'exclame l'épicier quand j'entre dans sa boutique.

Il y a un autre homme près de la caisse. Un homme petit, avec des lunettes carrées aux montures larges et une moustache épaisse.

Il s'écarte. Je m'arrête :

– Allez-y, monsieur, vous étiez là avant moi. Je peux attendre.

L'épicier s'esclaffe :

– Ha, ha ! c'est qu'il est poli mon copain d'Afrique.

L'homme me fait signe de passer :

– Vas-y, passe avant moi, nous étions juste en train de discuter.

L'épicier continue de plus belle :

– C'est qu'on est polis nous aussi en France ! Alors, qu'est-ce que ce sera pour mon copain d'Afrique ?

– Je suis né en Côte-d'Ivoire. Pas très loin d'Abidjan, dis-je en lui tendant ma liste.

L'épicier lâche un sifflement admiratif :

– Dis donc, c'est pas la porte à côté ! Moi qui ne suis jamais sorti de Brest. Si, une fois pour aller à Landerneau voir ma sœur. Tu connais Landerneau ? Ce n'est pas très loin.

Je hausse les épaules en signe d'ignorance.

L'homme aux lunettes carrées s'est rapproché de moi :

– Alors comme ça tu habites dans le quartier, m'a-t-on dit.

– Euh… Non… Enfin, oui… dans le coin.

– C'est ta mère qui travaille dans le restaurant près du musée ? Je l'ai croisée parce que j'ai une sœur qui est serveuse là-bas.

– … Non… je ne sais pas.

– Remarque, ma sœur, elle n'y travaille plus, continue l'homme. Le patron ne lui a pas renouvelé son contrat. Plus de travail pour ma sœur.

– Je… Je suis désolé pour elle.

– Pas tant que moi. C'est toujours un problème de perdre son emploi, tu sais ?

L'épicier remplit mon carton en sifflant comme à son habitude :

– Moi, la Côte-d'Ivoire, ça me plairait bien.

D'un signe de tête discret, il me fait comprendre de ne pas prêter attention aux questions de l'homme aux lunettes carrées. Il se rapproche de moi, et son gros ventre vient s'écraser contre son comptoir :

– Alors, il fait chaud dans ton pays ?

– Ça, on ne peut pas dire le contraire.

– Ça doit te faire un sacré changement avec notre climat. Ici, c'est plutôt frisquet, enchaîne le commerçant.

J'en profite pour dissiper tous les doutes :

– Je suis habitué. Vous savez, j'ai presque toujours vécu en France.

L'épicier ajoute une tablette de chocolat sur le haut du carton. J'esquisse un mouvement de protestation :

– Je n'ai pas demandé ça.

– Je fais toujours un cadeau à mes nouveaux clients. Et c'est du chocolat français, bien meilleur

que le suisse. Mais tu partageras avec tes frères,
hein ?

– C'est promis. Merci beaucoup.

– Ce n'est rien, mon copain d'Afrique. À bientôt.

Quand je sors de l'épicerie. L'homme aux
lunettes carrées m'ouvre la porte.

– Ce n'est pas trop lourd ? me demande-t-il
aimablement.

– Non, non. Je n'ai pas beaucoup de chemin
à faire.

– Passe le bonjour à ta maman de ma part, ajoute-
il.

– D'accord. Merci. Au revoir.

Je retrouve le trottoir. Submergé par ce flot de
paroles. Heureux de cette rencontre, finalement,
et de ces phrases échangées avec l'épicier. Heureux
de l'intérêt qu'on me porte.

Mon carton dans les bras, je suis déjà dans la rue
Michelet. Je sifflote gaiement en poussant la porte
de l'immeuble avec les fesses.

14

Nous avons réussi à venir à bout du poulet au gingembre de ma tante. Chacun a dû en reprendre deux fois. Ce soir encore, nos ventres sont pleins à craquer. L'oncle Massoudé se laisse retomber contre le dossier de sa chaise.

– Je préfère vous prévenir tout de suite, soupire-t-il. Ce soir, je n'aurai pas le courage de vous raconter une histoire.

– Pourquoi ? demande-t-on en chœur.

L'oncle passe sa main sur son ventre :

– Les histoires, commence-t-il, ça nourrit l'esprit et ça nourrit le corps. Quand il y a la famine, les animaux ou les hommes se racontent toutes les légendes qu'ils connaissent pour calmer leur estomac. C'est ainsi. Les mots se digèrent lentement… Sachant cela, une gazelle a trouvé un jour un moyen infaillible pour échapper à un lion affamé… Mais je ne vais pas vous raconter cela ce soir. Vous avez beaucoup trop mangé et vous pourriez exploser !

Les cris de protestation envahissent l'appartement. Même Bayamé s'y met.

– Non, non, non, non ! Ce serait bien trop dangereux, continue mon oncle en se massant le ventre.

Ma tante plie son torchon en deux et lui tape sur la tête. Clémentine et moi huons notre oncle en joignant nos mains autour de notre bouche.

– Bon, d'accord, cède-t-il enfin. Mais dans ce cas, il faut préparer du thé. C'est une histoire très longue dans laquelle il y a beaucoup d'autres histoires. Alors il faut du thé, beaucoup de thé.

– Je m'en occupe, soupire ma tante.

Elle part dans la cuisine en frappant dans les mains et en remuant les hanches en rythme.

– Zut, ta théière est restée dans la cave ! s'exclame ma mère. J'ai oublié de la remonter ce matin.

Je suis déjà debout :

– J'y vais !

Pour entendre cette histoire, je suis prêt à tous les efforts.

– Fais bien attention de ne pas casser ma théière. J'y tiens, prévient ma tante en fronçant les sourcils.

Je décroche les clés après avoir rassuré ma tante et je sors de l'appartement en trombe. À chaque palier, je saute les quatre dernières marches.

15

La voiture de police se gare devant le numéro 6 de la rue Michelet.

Le capitaine Moisan descend le premier, suivi par deux de ses hommes. Il jette un coup d'œil rapide vers le troisième étage de l'immeuble.

Deux autres policiers quittent une voiture banalisée stationnée de l'autre côté de la rue. D'un signe de la main, le capitaine indique à ses deux lieutenants en civil de les rejoindre.

– Rollin et Lebrun, avec moi. Nory, vous gardez l'entrée. Bertin, vous descendez à la cave, ordonne le capitaine.

– Ils sont combien à l'intérieur ? demande Rollin.

Moisan entre dans l'immeuble. Il desserre son écharpe avant de répondre :

– Normalement, ils sont quatre. Une femme, deux adolescents et une fillette de deux ans. La mère travaillerait près du musée, et un des gamins a été repéré dans le quartier.

– Et ils arrivent d'où exactement ?

– Côte-d'Ivoire, d'après ce qu'ont dit les collègues qui ont enquêté dans le voisinage, continue le capitaine à mi-voix. Le gosse a été aperçu à l'épicerie, juste à côté. On l'a vu aussi entrer dans cet immeuble. De toute façon, s'il loge dans la rue Michelet, c'est forcément chez les Massoudé. C'est les seuls Ivoiriens dans le coin.

Les trois policiers gravissent les dernières marches et arrivent devant la porte des Massoudé. C'est le capitaine qui frappe.

Trois coups brefs.

– C'est déjà toi, Fél…

La tante Massoudé ouvre la porte mais ne termine pas sa phrase. Elle se fige sur place à la vue des policiers.

– C'est déjà qui ? demande le capitaine en relevant les sourcils.

Sa carte barrée de bleu, de blanc et de rouge vient se poser au bout du nez de la tante Massoudé.

– Q… Qu'est-ce que vous voulez ? finit-elle par murmurer.

– Nous intervenons sur commission rogatoire du juge d'instruction. Nous allons vérifier l'identité de toutes les personnes présentes chez vous. Je vois que vous avez justement du monde, poursuit le capitaine.

Il s'est avancé dans l'encadrement de la porte. La tante Massoudé se plante courageusement devant lui :

– Ce sont des amis. Ils sont venus manger avec nous… ce soir…

Sa voix tremble trop. L'oncle se lève. Il tremble aussi.

– Madame, s'il vous plaît, ne nous obligez pas à entrer de force, dit le capitaine sur un ton calme mais terriblement déterminé.

●

Le policier referme la porte qui descend aux caves. Il rejoint son collègue dans le hall d'entrée de l'immeuble.

– J'ai ouvert toutes les caves avec le passe, explique-t-il. Il n'y a personne là-dedans. J'ai seulement trouvé des matelas et des vêtements. C'est là qu'ils devaient dormir. Hé, tu te rends compte, Nory ? Il faut être cinglé pour dormir dans une cave !

– T'inquiète pas, ils vont les avoir là-haut, assure Nory en rajustant son képi, ils n'ont pas eu le temps de se cacher.

Je les écoute en silence, la tête coincée entre deux compteurs. Les deux portes du placard EDF ferment mal. Surtout depuis qu'elles ont été fracturées. Par cette ouverture étroite, j'observe les deux policiers, immobiles, au milieu du hall d'entrée. Je m'accroche aux compteurs pour ne pas basculer en avant. Les deux hommes ne sont qu'à quelques mètres. Je respire le plus lentement possible. Mes mains commencent à devenir moites.

La théière est coincée contre mon ventre. Je n'ai pas vraiment eu le loisir de choisir ma cachette.

– Tiens, on dirait que ça descend, lâche Bertin.

Des bruits de pas dans l'escalier.

Ma mère passe en premier, avec Bayamé dans les bras. Un policier juste à côté. Mon frère. Moussa, les mains attachées dans le dos avec une paire de menottes. Un policier derrière lui l'oblige à avancer.

Le capitaine Moisan s'arrête à la hauteur de Nory et Bertin :

– On embarque ceux-là. Ils n'ont pas de papiers. Mais on n'a pas trouvé le gosse. Ils disent qu'il est sorti.

– Pas étonnant, lâche Bertin. Ces gens-là ne savent pas s'occuper de leurs enfants.

– On ne vous a pas demandé votre avis, le coupe sèchement le capitaine.

Bertin murmure une excuse.

Il peut bien la garder. Je m'en moque.

Ils sont tous dans la rue. Je pousse un peu sur les portes de mon placard large de quarante centi-mètres. Les lueurs d'un gyrophare viennent s'écraser contre la porte vitrée de l'immeuble.

Ma mère, Bayamé et Moussa montent dans le fourgon de police qui vient juste d'arriver. Autour, il y a des curieux rassemblés pour le spectacle. Toujours ce même attroupement, à Abidjan comme à Brest ou ailleurs. Toujours ces badauds qui ne se privent d'aucun commentaire.

Parmi eux, je reconnais l'épicier et l'homme aux lunettes carrées.

Les yeux me piquent, et j'ai envie de vomir. Je colle ma main contre ma bouche. Je bascule en avant. Les portes s'ouvrent davantage.

Je reste accroché aux compteurs, recroquevillé sur ma douleur. Les larmes coulent, elles se rejoignent et forment un mince filet. Je pleure en silence. Je dois pleurer en silence.

Se cacher.

Toujours se cacher.

16

La porte de l'appartement est restée ouverte.

Mon oncle et ma tante sont assis. Leurs enfants sont rassemblés autour d'eux. Ils laissent couler leurs larmes eux aussi, leur tête trop lourde perdue entre leurs mains frissonnantes.

Je pose la théière sur la table.

– FÉLIX !

Mon oncle se précipite pour fermer la porte. Ma tante, Clémentine, mes cousins, tous me touchent pour être certain que c'est bien moi, que je suis bien là devant eux.

– On pensait que les policiers t'avaient trouvé dans la cave, sanglote ma tante.

Elle me serre contre elle. Trop fort mais ce n'est pas grave.

Mon oncle regarde par la fenêtre. Inquiet. Il respire vite. Je lui demande :

– Ils sont partis ?

– J'en ai l'impression. Mais ils vont revenir, Félix. Tu peux me croire, ils vont revenir.

– Ma mère, Bayamé, Moussa, que vont-ils leur faire ?

L'oncle Massoudé écarte sa femme et ses enfants. Son visage est resté triste. Il n'y a aucun éclat de lumière dans ses yeux. Il pose les mains sur mes épaules :

– Ils n'ont aucuns papiers, Félix. Ils vont être très rapidement expulsés…

– Des papiers ! Toujours des papiers !

Les larmes inondent à nouveau mes joues.

– Oui, des papiers, reprend mon oncle, et toi non plus, tu n'en as pas. Tu ne peux pas rester ici, Félix. Les policiers vont revenir.

Ces dernières paroles tombent sur ma tête avec la force et le poids d'un fruit qui se détache d'un arbre. Je lève mes yeux humides vers l'oncle Massoudé :

– Tu veux que j'aille me rendre à la police ?

– Non, Félix. Je pensais à ta mère et à Moussa…

– Justement, je veux partir avec eux.

Mon oncle relève mon menton du bout des doigts :

– Rappelle-toi tous leurs efforts. Tu es leur dernier espoir. Tu es celui qui peut réussir, réussir pour eux. Quand ils seront en Côte-d'Ivoire, à s'user les doigts aux champs, ils penseront à toi, à Félix qui a réussi à rester en France, qui a réussi à aller à l'école, qui a un bon travail maintenant.

– C'est la seule façon de les aider, insiste ma tante.

– Tu dois partir, Félix. Et le plus vite possible, m'assure mon oncle.

– Partir ? Mais je ne sais pas où aller !

– Je connais des gens, des Ivoiriens, comme nous. Ils habitent à Rennes, ce n'est pas très loin, ils vont t'aider. Mais il faut faire vite. Et pour le voyage, il va falloir que tu te débrouilles tout seul.

Je les regarde s'activer.

Ils pensent à moi alors qu'ils vont certainement avoir pas mal de problèmes avec la police les jours prochains. Ils pensent à moi, et j'ai moins froid.

Alors, je pense à ma mère. À mon père. À Moussa et Bayamé. Je ne les reverrai sûrement jamais. Il faut souffler son chagrin dans un mouchoir et enfermer le mouchoir dans sa poche.

Je souffle très fort.

Ce monde est une jungle plus cruelle que la jungle africaine.

Mais il faut y survivre.

Moi, Félix-le-solitaire.

Quatrième partie

Flavie-la-vie

17

Il pleut encore.

De cette pluie fine qui colle au visage.

Nous avons quitté l'appartement depuis une heure à peine. Il fait encore nuit. Une voiture de police était garée près de l'église. Nous avons dû faire un détour.

Mon oncle porte mon sac, un sac à dos pas très gros mais rempli de provisions. Dans la poche intérieure de mon blouson, il y a le plan de Rennes, plié en deux, avec une adresse inscrite dessus au feutre bleu. Dans cette poche, il y a aussi un peu d'argent.

Je marche droit, droit devant.

Les yeux mouillés par la pluie, les larmes et la peur. Je tiendrai bon. Fuir, c'est peut-être ça mon destin. Mon destin entre mes mains, je serre les poings.

Je marche droit, droit devant.

Ne pas trop penser, ne pas trop se souvenir. Essayer d'oublier, si tôt, si l'on veut fuir, ne pas se retourner.

Je marche droit, droit devant.

La gare est là, en face de moi. Elle ouvre sa bouche en grand. Je me dis que, ces derniers temps, on m'a souvent mangé, on m'a mangé et digéré. Alors aujourd'hui, je ne crains plus rien.

Je n'ai, hélas, plus rien à perdre.

J'entre dans la gare. La gare, pas très loin du port. Je suis déjà essoufflé. J'ai perdu l'habitude de marcher. Toutes ces semaines en bateau. Tous ces jours à tourner en rond dans l'appartement de mon oncle. En France, on ne marche pas assez. Mes jambes manquent d'entraînement.

Je m'adosse contre le Photomaton. Je lis : « Photos d'identité en trois minutes ». En France, la vie est simple et compliquée.

L'oncle Massoudé s'approche seul des guichets. Il me tourne le dos. Dehors, le soleil se lève doucement ; il y a tant de nuages à percer.

L'horloge indique sept heures trente. Le hall de la gare est traversé par des hommes et des femmes pressés, et d'autres encore, mal réveillés. Une odeur de café frais s'échappe du snack-bar et se répand sournoisement pour faire frémir les narines. Les miennes sont larges, je suis le premier alerté. Le bruit de la machine. Le bruit de la vapeur. Comme celle d'une vieille locomotive.

– Allez, Félix, le train part dans cinq minutes. Dans un peu plus de deux heures tu seras à Rennes.

L'oncle Massoudé composte le billet qu'il vient d'acheter.

– C'est un TER. Il s'arrête dans beaucoup de gares. Tu feras bien attention de ne descendre qu'à Rennes. Tu as compris ? Rennes, comme le roi et la reine. Tu te souviendras ?

Sa voix devient chevrotante. Je prends sa main pour le rassurer :

– Ne t'inquiète pas, Tonton.

– Nos amis t'attendront à la gare. Si jamais il y a un problème, tu as le plan de la ville avec l'adresse.

Je pose la main sur la poche de mon blouson :

– Je l'ai, Tonton.

Nous sommes arrivés sur le quai. Le train est là, paisible et rassurant. Une voix dans un haut-parleur dit qu'il va partir. L'oncle Massoudé me serre dans ses bras :

– Tu verras, c'est des gens très bien. Des Ivoiriens comme nous.

Je l'embrasse :

– Ça va aller. Ne te fais aucun souci.

– Je ne téléphonerai pas, à cause de la police.

– Je sais, Tonton. Je sais.

Coup de sifflet.

Je suis monté dans le train. La porte s'est fermée. J'ai oublié de le remercier. C'est trop tard. L'oncle Massoudé devient minuscule, seul sur le quai de cette gare dans les prémices des premières lueurs d'un nouveau jour.

Je ne connaîtrai jamais la fin de son histoire.

Je ne saurai jamais comment la gazelle a échappé au lion affamé.

Il y a déjà plein de buée sur ma vitre.

18

Je me suis installé au milieu d'un wagon.

Côté fenêtre. Côté paysage. Côté grands champs humides et verts. Côté petits villages plantés d'une église, d'une grande fusée, en leur centre. Je dois surveiller l'arrivée du contrôleur mais je n'arrive pas à détourner la tête de la fenêtre. Images calmes et tranquilles. Elles paraissent irréelles. Ou alors c'est peut-être moi qui n'existe pas.

J'observe le reflet ·de mon visage dans la vitre, l'image de mon visage sur ce paysage. Je suis bien là, moi, dans ce train.

Je suis bien en France. Je file comme le vent. Qui pourrait m'arrêter ?

Cette idée me rassure. Peut-être est-ce le mouvement du train, ce mouvement qui berce d'avant en arrière. Ou le ronronnement monotone des roues sur les rails. Mes yeux se ferment doucement. La tête appuyée contre la vitre, je me souviens que je n'ai presque pas dormi de la nuit. Je n'ai fait que parler avec mon oncle et ma tante. Comment aurais-je pu dormir ?

Mes yeux se ferment.

Je me laisse bercer par le mouvement du train.

– Félix ?

Je relève la tête. Je m'étais endormi.

Dans le train, il y a ma mère. Je la vois. Elle est là ! Entre ces deux portes qui permettent de passer d'un wagon à l'autre.

– Félix !

Elle a ouvert la première porte. Mais la seconde résiste à tous ses efforts.

– Maman !

Elle tient Bayamé d'un seul bras. Moussa est à côté. Lui aussi tente d'ouvrir cette porte.

– Maman !

Je ne peux pas me relever. Quelqu'un appuie ses mains sur mes épaules et m'empêche de me relever.

Je tourne la tête. Le contrôleur est juste derrière mon siège. Je ne l'ai pas entendu arriver. J'avais promis à mon oncle de faire attention.

– Donne-moi ton billet.

Sa voix est grave et lente. Il articule chaque mot exagérément.

– Ton billet, s'il te plaît, répète-t-il.

Je fouille dans mes poches. Toutes mes poches. Je ne retrouve pas ce billet.

– Félix !

Des hommes sont apparus derrière ma mère, Bayamé et Moussa. Ce sont les policiers. Je ne vois pas leurs visages. Je VEUX voir leurs visages. Mais je ne peux pas bouger. À cause de ce contrôleur. Je ne trouve pas ce fichu billet.

– Allez, ton billet, répète encore le contrôleur.

Les policiers emmènent Moussa.

– Félix !

Ma mère frappe contre cette porte. Les policiers l'emmènent aussi avec Bayamé.

– Noooon !

●

« Landerneau, deux minutes d'arrêt. »

Je me réveille en sursaut.

Je sens la sueur sur mon visage, dans mon cou. J'ai froid. Je ne veux plus m'endormir. Plus de cauchemars. Je cherche dans mon sac quelque chose à manger. Le train repart et recommence à me bercer. J'avale quelques biscuits pour chasser la fatigue.

– Billets, s'il vous plaît.

Le contrôleur vient d'entrer par l'arrière du wagon. Tout au fond. Je referme mon sac. Pendant qu'il vérifie les billets des premiers passagers, je me lève. Je marche vers lui comme si je venais d'un autre wagon. Il redresse la tête quand j'arrive à sa hauteur.

– Tu as ton billet ?

Je fouille dans mes poches en prenant un air surpris. Le contrôleur fronce les sourcils. Il me lance un regard soupçonneux. Je sors le billet de la poche intérieure de mon blouson avec un large sourire :

– Voilà, monsieur.

Le contrôleur inspecte minutieusement mon billet. Il le retourne deux fois avant de le poinçonner et de me le rendre :

– Tu voyages tout seul ? me demande-t-il.

– Non, je rejoins mon père. Il est par là, dans le wagon de tête.

Le contrôleur semble réfléchir. Je devine ses pensées. Il se gratte l'intérieur de l'oreille. Il s'en souviendrait s'il avait contrôlé… comment dire… un homme de couleur.

– Ton père…, commence-t-il, il est…

– Par là, je le coupe. J'étais parti me dégourdir les jambes.

Le contrôleur se gratte cette fois le dessous de la lèvre avec l'index. Il reprend :

– Non… mais… tu es certain que ton père est bien dans les wagons à l'avant du train ? Parce qu'il ne me semble pas l'avoir vu, ajoute-t-il très vite.

Je souris de toutes mes dents :

– Mon père est blanc, monsieur, blanc comme vous.

Le contrôleur sourit aussi, heureux d'en avoir fini avec cette question qu'il voulait poser mais qu'il ne savait pas comment poser. Afin de lever toute ambiguïté, j'ajoute :

– C'est parce que j'ai été adopté.

Le contrôleur s'écarte pour me laisser passer. Il ne sait plus quoi dire alors il fait des gestes, de grands gestes embarrassés, pour expliquer que c'est son métier d'être curieux. Sans doute pas autant, mais… N'ayant plus assez de gestes à son registre, le contrôleur sourit davantage, et ce sourire lui donne un air sympathique.

19

J'ai trouvé une place près du wagon-restaurant.

Le train enchaîne les arrêts dans des gares aux noms étranges : Landivisiau, Morlaix, Plouaret, Guingamp… J'attends Rennes comme reine. Parfois je m'assoupis, malgré tous mes efforts pour rester éveillé. J'ai mangé la moitié de ce que contenait mon sac. Je regarde la montre d'un autre passager qui traverse le wagon. Il est près de neuf heures.

J'étouffe un bâillement. Je me lève. Debout, ce sera plus facile de lutter contre le sommeil. Un autre bâillement. Je sors du wagon. Je m'installe près des portes de sortie, adossé à la cloison des toilettes.

Le train s'arrête.

« Saint-Brieuc, une minute d'arrêt. »

Trois hommes montent. Ils posent leurs sacs à leurs pieds et s'installent comme moi près des toilettes. Eux non plus ne veulent pas succomber au bercement du train.

Il y en a un à côté de moi. Deux autres en face. Ils allument des cigarettes.

Secousse. Le train repart. Les trois hommes me regardent en silence. Ils sont plus grands que moi. Bien plus vieux aussi, même s'ils paraissent jeunes à cause de leurs cheveux courts.

Ils fument en silence.

– Billets, s'il vous plaît.

Le même contrôleur. Il poinçonne les billets des trois hommes. Il me regarde avec le même sourire que tout à l'heure. Je l'entends penser :

« Alors, on a trouvé des copains avec qui discuter. »

Le contrôleur est reparti. Je n'ai même pas esquissé un mouvement pour sortir mon billet.

L'homme à côté de moi dit :

– Les Nègres ont un traitement de faveur, apparemment.

Ça faisait longtemps que je n'avais pas entendu le mot « nègre ». La dernière fois, c'était à la plantation. C'étaient les acheteurs blancs d'Afrique du Sud qui avaient fait le déplacement. Il y en avait un gros avec un foulard noué au ras du cou. Il avait demandé au patron :

– Alors, tes négros ont bien travaillé cette année ?

C'est vrai, je me souviens, il avait dit négro, et pas nègre. Il avait dit négro avec une simplicité déconcertante. Négro, comme s'il ne connaissait pas d'autre mot. J'avais continué de marcher, un sac de fèves sur l'épaule.

Le second type recrache sa fumée dans ma direction :

– Alors, négro, tu pourrais répondre quand mon copain te parle.

Les deux autres se sont rapprochés. Celui qui se trouve à côté de moi affiche une grimace de dégoût :

– Déjà, tu viens chez nous, et en plus tu payes pas le train.

Je sors le billet de ma poche :

– J'ai payé, je dis.

– T'as payé quoi, négro, puisqu'on te dit que t'as pas de billet.

Il m'arrache mon billet. Je tends les bras pour le récupérer : les deux autres me plaquent contre la cloison des toilettes. Le troisième déchire lentement mon billet et égraine les morceaux en me regardant droit dans les yeux.

– Vous n'avez pas le droit. Laissez-moi tranquille !

L'homme en face de moi pose sa main sur ma bouche. Il enfonce son pouce et ses doigts dans mes joues :

– On a tous les droits, négro. On est chez nous, ici.

Ceux qui me tiennent les bras et me plaquent les épaules contre la cloison rient grassement. L'un d'eux dit :

– Vas-y, Bruno, regarde ce qu'il trimballe dans son sac.

Bruno me cogne deux fois l'arrière de la tête contre la cloison. Il retourne mon sac et le vide à mes pieds :

– Visez-moi cette poubelle. Allez, ramasse ça négro.

L'homme est soudain devenu transparent. Devant moi, il y a l'image de mon père : son visage émacié et fatigué mais ses yeux toujours souriants. Il me répète :

« Je ne souhaite qu'une chose pour toi, mon fils, c'est qu'un jour tu ne sois plus l'esclave de personne, que tu ne sois plus obligé d'agir en animal soumis. Monte dans ce bateau, mon fils, et quel qu'en soit le prix, deviens un homme libre. »

– Ramasse ça, négro, ou tu vas passer un sale quart d'heure…

Je fixe mes pieds et mes affaires étalées. Jamais je ne pourrai me baisser pour les ramasser. Même si je le voulais, je n'y arriverais pas.

– Je vais perdre patience…

La première gifle me glace le visage. La brûlure ne vient qu'ensuite. La seconde me remonte la tête. Le coup de poing dans le ventre me plie en deux.

– Tu vas ramasser, sinon…

Je reprends mon souffle. Je relève lentement la tête. À présent, c'est à mon tour de sourire :

– Sinon quoi ? Sinon tu vas me montrer que trois Blancs sont plus forts qu'un Noir ? SINON QUOI ?

L'homme a un mouvement de recul.

Il sait qu'il ne pourra jamais m'obliger à ramasser mes affaires. Il le sait au plus profond de lui.

Les deux autres s'impatientent :

– Qu'est-ce qu'on lui fait, Bruno ? Hé, Bruno ?

Bruno a la peau plus blanche qu'à sa naissance. Bruno ne peut plus détacher ses yeux des miens. Il y a le goût du sang dans la bouche. Je crache par terre. Une tache rouge entre mes affaires étalées.

« Lamballe, une minute d'arrêt. »

Bruno ouvre la porte du train. Une femme veut monter. Il lui aboie qu'il n'y a plus de place. Elle n'insiste pas et se dirige vers le wagon suivant.

Coup de sifflet.

– Balancez-le, dit froidement Bruno.

Les deux autres ne se font pas prier. Ils me soulèvent et me balancent dans les airs. J'atterris sur le quai à plat ventre.

– On dirait que notre ami de couleur a loupé la marche ! se moque l'un d'eux.

Mon blouson s'est déchiré aux coudes. Ma tête a cogné le ciment. Les trois hommes rient aux éclats. Ils rient fort et se félicitent mutuellement. Fiers de leur exploit. Ils me lancent mon sac et me canardent avec les provisions qu'il contenait. Bruno est le dernier à apparaître à la porte du train.

– Quand on n'a pas de billet, négro, on fait de la marche à pied.

Le train démarre.

La porte s'est refermée.

Je me relève en boitant.

20

L'horloge de la gare indique 9 h 30.

Je sors du tunnel qui passe sous les voies. Je remonte les marches en m'accrochant à la rampe. J'ai mal aux coudes, au ventre, à la jambe et au front. Mais c'est à l'intérieur que c'est le plus désagréable. Les vraies blessures arrivent toujours après. Avec la colère et la haine, et ce sentiment d'injustice, d'impuissance qui s'installe dans la poitrine.

Je traverse le hall de la gare.

Sur un banc, un homme est allongé ; un sac en guise d'oreiller. Il n'est pas très différent de ceux qui traînent dans les rues d'Abidjan et passent leur journée à fumer du gueji*. Je les ai vus. Ils sont seulement un peu plus jeunes que cet homme. Ils ont parfois mon âge et dorment à la belle étoile sur les trottoirs. Ils trouvent refuge sous les devantures des magasins du grand centre commercial pendant la saison des pluies. Ils se nourrissent de comprimés d'amphétamines quand la faim est trop forte. Ils vivent de petits boulots, lavent les voitures, poussent celles qui tombent en panne. Jamais ils ne se séparent de leur pauvreté, pas plus que de leur chanvre indien.

Je regarde cet homme allongé sur un banc. Il ne dort pas. On devine ses yeux verts derrière ses paupières mi-closes, dernier rempart à la misère du monde.

Cette misère qui me poursuit.

Que vais-je devenir ? Un enfant des rues ? Un enfant sur un banc, que la police ramassera un matin, encore endormi ?

Je m'avance sur le parking devant la gare. Mes vêtements sont déchirés. Je n'ai plus rien à manger. J'ai soif. Je passe ma main sur mon front. La bosse commence à gonfler. J'ai mal partout et de plus en plus à l'intérieur. Mon corps s'affaisse, imperceptiblement. D'abord les épaules, et puis la tête.

J'ai rejoint un banc, près d'une cabine téléphonique. Je compte l'argent que m'a donné mon oncle. En ce moment, ses amis doivent sûrement m'attendre à la gare de Rennes. Je n'ai que leur adresse. Quelques mots griffonnés.

Cinquante francs. Personne à appeler.

Je vais devoir voler pour survivre. Mon père n'aimerait pas me voir faire ça. Mais récolter des cabosses à la main ou surveiller le séchage des fèves de cacao en plein soleil, mon père n'aimait pas non plus me voir faire ça.

Voler, fuir, se cacher, mentir, se mentir…

Ma tête tombe entre mes épaules, le menton contre la poitrine. Cette fois c'est fini. Je n'ai plus envie. Même pour mes parents, même pour que tout cela n'ait pas servi à rien.

Puis ce sont les larmes. La seule chose qui puisse encore me réchauffer. Ma vue se brouille.

Puis il y a cette fille. Cette fille avec des roues sous les chaussures. J'en avais vu à Abidjan, de loin, et dans les magazines de Clémentine, et à la télé chez mon oncle. La fille décrit un arc de cercle devant moi.

Elle vient s'asseoir sur le banc.

Tout près.

Je la distingue, entre les larmes, la colère et l'impuissance. J'essuie mes yeux avec la manche de mon blouson :

– Qu'est-ce que tu veux ? Tu n'aimes pas les Nègres, toi non plus ? Qu'est-ce qui te dérange le plus ? Ma couleur ? Mes cheveux ? Mon nez ? Mes mains, noires d'un côté, blanches de l'autre ?

La fille me regarde, prudente et inquiète :

– Ça ne va pas ?

– À ton avis ?

Elle me tend un mouchoir :

– Tu devrais t'essuyer. Tu as du sang au coin de la bouche.

J'ai pris le mouchoir. Elle me demande :

– Qu'est-ce que tu fais sur ce banc ?

Je lui ai retourné la question :

– Qu'est-ce que TU fais sur ce banc ?

Elle ne s'est pas démontée :

– Tu habites dans le coin ou tu viens voir quelqu'un dans la région ?

– Je suis un copain d'Afrique… C'est ça, un copain d'Afrique.

Elle n'a vraisemblablement pas perçu le ton ironique de ma réponse.

– L'Afrique ? Mes parents y sont allés… il y a longtemps.

Il y avait un peu de mélancolie dans sa voix.

Alors j'ai fini par répondre à ses questions. Pour me réchauffer. Pour exister un peu.

Après, on a voulu parler en même temps. Forcément, on a éclaté de rire. Je lui ai dit :

– Vas-y.

Elle a dit :

– Non, toi d'abord.

Ma bosse commençait à me faire sacrément mal. Mes coudes aussi. Je souffrais maintenant davantage à l'extérieur.

– Je connais un endroit tranquille, elle a dit. Tu pourras te reposer.

21

Elle s'appelle Flavie. J'ai cru entendre : « Flavie-la-vie ». Une sorte d'écho.

L'endroit tranquille, c'est sa maison. Celle où elle vit avec son père. Elle dit que sa mère est partie. Elle ne dit pas où.

Une maison paisible avec un jardin, pas très loin de la gare ; un joli mur autour, tout autour.

Je m'y sens bien. Rassuré.

– Assieds-toi. Je vais chercher ce qu'il faut pour te soigner.

La voix de Flavie ressemble à ses cheveux courts coupés comme ceux d'un garçon. Ses cheveux ressemblent à ses yeux, couleur de l'eau fraîche.

Flavie me désigne le canapé. Je choisis le fauteuil. Je m'assois sur le bord. Quand elle disparaît dans la salle de bains, je me laisse retomber contre le dossier. Le cuir souple épouse agréablement mon corps.

Je me redresse :

— Tu es sûre que ton père ne va pas arriver ?

Flavie réapparaît, souriante. Elle pose ses crèmes, son coton et ses pansements sur la table en verre :

— Ne t'inquiète pas, Félix. Mon père est extra-cool. Je t'assure qu'il ne fera aucun problème.

— Quand même. Je préférerais ne pas le croiser.

Flavie joue l'infirmière, délicate et attentionnée. Je la laisse faire. C'est un peu mon médecin du monde personnel. Cette réflexion l'amuse. Je crois qu'on se comprend.

— Allez, raconte, me dit-elle.

— Raconte quoi ?

— Ton histoire, depuis le début. Tout ce qui t'est arrivé.

— Tu sais, dans ma famille, on adore raconter. Alors ça peut être très long.

— Ça tombe bien, j'adore écouter.

Son regard déborde de sincérité. Je tousse une fois pour m'éclaircir la voix :

— D'accord. C'est toi qui l'auras voulu… Tu as déjà pris le bateau ?

22

Le père de Flavie est rentré en fin de journée.

Je dormais, recroquevillé sur le canapé.

Je me suis réveillé plus tard. J'ai vu cet homme, son front dégarni, ses joues un peu rondes, ses yeux plissés. Il a tendu une main vers moi :

– Bonjour, je m'appelle Patrick. C'est moi le père de Flavie.

Je me suis relevé d'un coup. J'ai attrapé mes chaussures. Patrick s'est reculé dans le fauteuil :

– Calme-toi. Personne ne te veut du mal. La porte n'est pas fermée à clé, tu es libre de faire ce que tu veux.

J'ai immédiatement vérifié la porte. C'était vrai. Flavie a cru que j'allais partir. Elle s'est précipitée vers moi :

– J'ai tout raconté à mon père, a-t-elle dit. Il va t'aider.

Je n'ai toujours pas prononcé un mot. Je regarde Patrick. J'ai la main sur la poignée de la porte.

M'aider ? Les hommes ne font rien par bonté. Mon père répétait qu'un homme qui te propose de t'aider sans rien te demander en retour te cache des inconvénients trop importants pour être avoués.

Mon père disait ça.

Mais à mon père, on ne proposait jamais rien. À part travailler dans les champs pour un salaire de misère. À part un voyage pour la France au fond d'un cargo.

– Seul, tu n'iras pas loin, murmure Patrick.

– Qu'est-ce que ça va vous apporter de m'aider ? Qu'est-ce que ça peut vous faire de m'aider ?

Patrick ne trouve rien à dire.

– Je pourrais continuer à écouter tes histoires, lâche Flavie.

Elle s'est approchée. Elle pose sa main sur ma main, ma main qui serre la poignée :

– Allez, reviens t'asseoir, me dit-elle.

Mes doigts s'ouvrent un à un. Que pourrais-je faire d'autre ? Sa voix est douce. Et puis j'ai trop besoin d'aide.

– Flavie m'a expliqué que tu devais te rendre à Rennes, enchaîne Patrick, ce n'est pas loin. Si tu veux, je peux t'y conduire.

– Montre ta carte avec l'adresse, continue Flavie.

Patrick lit l'adresse marquée au feutre bleu.

– Avec ça, je peux retrouver leur numéro de téléphone. Je vais appeler les amis de ton oncle pour qu'ils ne s'inquiètent pas. Tu passes la nuit ici, et demain matin on t'emmène à Rennes. D'accord ?

Le marché me semble bon. Je fais semblant de réfléchir. Comme si je pouvais refuser une telle offre.

– Marché conclu, je dis en tapant dans la main de Patrick.

– Parfait. Je cherche leur numéro sur le Minitel et je les appelle tout de suite. Après on se prépare un bon repas.

J'arrête Patrick d'un geste de la main :

– Si vous me laissez inspecter votre réfrigérateur, je peux peut-être vous préparer quelque chose qui ressemble à un plat ivoirien.

Patrick fait semblant de réfléchir :

– Marché conclu, lâche-t-il enfin.

Il allume son Minitel et commence à appuyer sur les touches.

Flavie-la-vie et moi, Félix-le-lion, nous dirigeons ensemble vers la cuisine.

Il y a un réveil près de moi.

Il est plus de minuit.

De l'autre côté du réveil, il y a Flavie. Flavie qui dort profondément, la tête enfoncée dans son oreiller. À côté de Flavie, il y a la photo de sa mère. Sa mère qui n'est pas là, qui n'est plus là.

Flavie qui ne dit pas où elle est car personne ne sait où l'on va quand on est mort.

Il est plus de minuit.

Pour la première fois de ma vie, je dors dans un lit. Le lit des amis de Flavie. Je dors seul dans un lit. Sans les cheveux de ma sœur pour me chatouiller le nez, sans le souffle de mon frère dans les oreilles.

Sans ma mère.

Il est plus de minuit. Je vais bientôt m'endormir. Derrière mes paupières, mes yeux sont encore ouverts. Demain, j'aurai une nouvelle famille. Des gens sûrement très bien. Je deviendrai leur fils. Ce sera imprimé sur les papiers. J'aurai de nouveaux parents, de nouveaux frères et sœurs. Combien de temps cela durera-t-il ? Est-ce que cela durera ? Je n'en sais rien et je ne veux plus le savoir.

Je vis au présent, avec un passé douloureux et un futur incertain.

Vivre au présent à présent.

Je suis Félix, Félix l'Ivoirien. En ce moment à Abidjan, on raconte l'histoire de Félix, parti sur un bateau chargé de cacao. Je suis Félix, lion et gazelle, Félix-le-sorcier, Félix-le-griot. Les enfants, au pied des fromagers, écoutent son histoire racontée par mon père, par mon frère, par ma mère. Tous écoutent sans respirer.

Félix-le-Français.

La police ne l'a jamais attrapé. Félix est trop malin. Il peut se cacher derrière son ombre. Grands sont ses pouvoirs.

Plus grands de jour en jour.

Pour s'amuser, on dit que Félix épousera une femme blanche. On dit ça en chargeant les sacs de café. On dit que les enfants de Félix seront café au lait.

On parle de Félix le soir, on en parle dans les champs de cacaoyers quand le travail devient trop dur. Quand les mains font trop mal et quand les sacs sont trop lourds.

On parle beaucoup de Félix et on souhaite ne jamais le revoir…

Il est bientôt minuit.

Mes larmes ont disparu dans l'oreiller.

Ma colère aussi.

J'enfonce la tête dans l'oreiller mouillé.

À côté de moi, il y a le réveil. De l'autre côté du réveil, il y a Flavie. Flavie-la-vie.

Demain, j'aurai une nouvelle famille…

LEXIQUE

Griot (p. 45) : conteur-musicien-poète, gardien de la mémoire d'un groupe ou d'un peuple, qui se déplace généralement de village en village.

Gueji (p. 125) : chanvre indien ; variété de cannabis dont on tire le hachisch et la marijuana (stupéfiants).

Mafé (p. 72) : plat africain à base d'arachide, d'ail, d'oignons, de tomates et de thym. Il est servi par exemple avec du mouton.

« *M'betara Kolikoro*
Mideni abenan sissan
Allah ika kôssôbé… » (p. 58)

« Je m'en vais au village
de Kolikoro
Mon fils arrive tout de suite
Dieu est grand… »

TABLE DES MATIÈRES

Achevé d'imprimer en France par France-Quercy, à Mercuès
Dépôt légal : 4ᵉ trimestre 2008
Nº d'impression : 82209b